KB040118

화가의
집

화가의 집

힐링 아티스트 강일구의 그림 그리며 살아가는 느긋한 오늘

초판 1쇄 발행 2018년 3월 30일

지은이 강일구
발행인 송현옥
편집인 옥기종
펴낸곳 도서출판 더블:엔
출판등록 2011년 3월 16일 제2011-000014호

주소 서울시 강서구 마곡서1로 132, 301-901
전화 070_4306_9802
팩스 0505_137_7474
이메일 double_en@naver.com

표지종이 랑데뷰 울트라화이트 210g
본문종이 그린라이트 100g

ISBN 978-89-98294-39-7 (03810)

도서출판 더블:엔은 독자 여러분의 원고 투고를 환영합니다. '열정과 즐거움이 넘치는 책'으로 엮고자 하는
아이디어 또는 원고가 있으신 분은 이메일 double_en@naver.com으로 출간의도와 원고 일부, 연락처 등을
보내주세요. 즐거운 마음으로 기다리고 있겠습니다.

힐링 아티스트 강일구의
그림 그리며 살아가는
느긋한 오늘

강일구 쓰고 그리다

화가의 집

더블:엔

시작글

《화가의 집》이란 책 제목이 정해지고 난 후, 신기하게도 뇌에서 그림과 글이 쑥쑥~ 국수처럼 뽑아져 나오기 시작했다.

항상 아주 생략적인 그림만 그리던 사람이 에세이를 쓴다는 게 아주 부담에 부담이었는데 출판사 대표님의 명랑발랄한 입담과 기분좋은 에너지에 힘입어 생각보다 힘들이지 않고 순간순간을 여름방학 탐구생활 과제하듯 진행할 수 있었다.

찰지게 글을 써가며 그림을 배치하는 작업이 착착 완성되어 가는 걸 보며 맘속으로는 이렇게 쉽게쉽게 써도 되는 것일까? 자못 걱정이 되기까지 했다.

이 책은 털보가 반백 년 살아가고 있는 현재와 살아왔던 얄팍한 과거 흔적을 테마별로 나누어 부부이야기, 반려견 이야기, 정원에 식물 키우며 살아가는 모습, 작품 속에 숨어 있던 아주 사소한 개인사와 그밖의 이야기를 끄집어내어 기록한 결과물이다. 조금은 은둔자 같은 화가의 일상 이야기를 다룬 별난 에세이집이라고 보면 될 듯하다.

화가의 집이자 작업실이 어떤 모습일지 궁금해하실 분들을 생각하며 이런저런 글을 쓰면서 생각을 정리하다 보니 오히려 내가 힐링이 되었다. 그림 그릴 때와는 또다른 즐거운 작업이었다. 그냥 아, 이런 화가가 이런 그림을 그리며 살아가고 있구나, 하고 재미있게 읽어주시면 참 감사할 것 같다. 그런 마음으로 이 책을 선뜻 출판하게 되었다.

이 책은 '나의 그림'이 아닌 '나의 글'이 주인공이 되는 첫 책이다. 출판하면서 큰 욕심을 내지는 않았다. 그저 화가가 사는 집, 화가의 생각의 집, 화가의 작품에 담긴 소소한 이야기들을 독자들께 살짝 엿보이고 싶었다고나 할까.^^

모든 독자분들의 '느긋한 오늘'에 이 책이 조금이나마 도움이 된다면 아주 좋겠다. 《화가의 집》이 세상에 나오기까지 빛보기된 우리 왕붕어와 현옥 대표님에게 무한감사함을 전한다.

가 0 0 1 2 7
1 2018

contents

일구,
화가의
꿈을
이루다

첫 번째 이야기

화가의
마당있는
집

화가의
그림의
집

세 번째 이야기

화가의
느닷없는
외도

네 번째 이야기

(미리 보는 작가 인터뷰)

이 책의 편집자가 이 책의 작가님 인터뷰를 미리 해보았습니다.
본문에 담지 못한 재미있는 얘기들이 많아서
'내맘대로' 질문지를 추려보았습니다.
강일구 화가의 그림과 글이 세상 모든 독자들의 가슴에 가 닿아
〈느긋한 오늘〉을 살아가시길 기원하는 마음을 가득 담았습니다.^^

Q1 : 이 책은 사실 저와의 오랜 업무상 친분, 사사로운 개인적 친분으로 연희동에서 놀다가 기획된 건데요. 의외로 옛날얘기도 술술 풀려나오고 저는 작가님과의 책 작업이 무척 즐거웠습니다. 오랜만에 본인의 책! 출간을 앞두고 소감이 어떠신가요? (작가님이 아끼는 작품들, 작가님 팬들이 좋아하는 작품들을 웬만하면 모두 싣고 싶었는데, 제가 다 이끌어내지 못한 것 같아 아쉽습니다. 어딘가에 모셔져 있을 작품들... ㅠ 그림 에세이 2권 내셔야 할 듯요?)

A1 : 변비에서 대해방된 느낌! 이야호~~!!! 드디어 당분간 글쓰지 않아도 된다는 느낌, 그리고 늘 마감에 쫓기듯 뭔가 잠시 하지 않아도 된다는 느낌?

화가의 집   10 ♥

책 작업은 은둔자를 무대로 끌어내는 돗자리가 되어주었어요. 은둔하며 그림만 그리던 화가의 사생활을 책 핑계로 한번 노출해볼 수 있는 계기가 되었습니다. 예고된 운명이랄까. 책에 다 담지 못한 작품이나 스토리는 독자와의 만남에서 풀어도 되구요. 일단, 후회하지 않을 만큼 열심히 많이 풀어냈습니다.

아직은 《화가의 집》 책이 실체로 내 손에 없다 보니 솔직히 실감은 나지 않습니다.

Q2 : 오랜만에 책을 출간하시는 거죠? 예전에 카툰집을 여러 권 내셨는데, 현재는 대부분 절판되었네요. 출간 당시 잘 팔렸나요? (저는 이런 게 정말 많이 궁금합니다)

A2 : 카툰집, 작품집, 4컷 만화 등 책을 여러 권 냈죠. 그중에서 황매와 한스미디어에서 나온 책은 기대를 좀 했는데, 아마 털보의 마이너스손(?) 때문인지 아니면 대중독자를 의식하지 않고 너무 작가 입장에서 작품 중심으로만 이야기를 풀어가서 그랬는지 그렇게 많이 팔리지는 못한 것 같습니다.^^::

Q3 : 책을 준비하시며 스스로 힐링이 많이 되었다고 하셨어요. 그래서 여기저기 연극과 영화 쪽으로 눈을 돌리며 외도를 하시는 건 아닌지요? (외도하는 힘을 책 출간에서 얻으셨다구요?)

A3 : 몇년 전 회사에서 나온 이후로 다소 의기소침해 있던 차, 더블엔에서 책을 내보자고 제안해준 덕분에 털보는 은근히 격려를

받았습니다. 지난날을 감사히 생각하며 정리를 해볼 수 있는 시간이었고, 그동안의 오랜 마음수행의 기간을 책으로 "울컥" 쏟아내며 많은 힘을 얻은 게 사실입니다. 스스로 힐링이 되면서 연극과 영화에 도전해볼 수 있는 정신력도 생겨난 계기가 되어 감사할 뿐입니다. 무한 감사! 더불어 함께 사는 더블:엔!!!

Q4: 국내보다 외국에서 더 유명하고 상도 많이 받으셨습니다. 유럽 사람들이 일구화백님의 심플한 선과 유머코드를 상당히 좋아하는 것 같습니다. (일구 작가님의 날카로운 분석 포인트가 궁금합니다)

A4: 제 그림에는 유머와 철학이 있습니다. 그걸 담으려고 노력하고 있으니까요. 심플하면서도 이야기를 농축시킨 비장의 무기가 특히 외국에서 잘 통하는 것 같아요. 굳이 전문가가 설명을 해주지 않아도 누구나 다 공감하고 알아차릴 수 있는 그림이랄까요? 몇년 전, 연희동에서 전시를 했을 때에는 (칭찬에 아주 인색하다고 소문난) 영국의 평론가에게서 호평도 받았습니다.

전 그냥 그림에 미쳐 독학하다시피 열심히 그렸을 뿐인데, "미국? 파리? 어느 대학에서 미술 전공했느냐?" "유학파냐?" 하는 질문을 많이 듣기도 했어요. 다행히 2000년대 들어와서는 국내에서도 많이 인정받기 시작했고 털보 그림을 좋아하는 사람들도 점차 증가하고 있는 듯합니다.

$Q5$: 해외전시 및 작품 출품도 예전에는 많이 하셨는데, 요즘은 뜸하시네요? (마지막으로 상받으신 게 거의 20년 전이신 거 같습니다)

A5: 사실, 몰래몰래 공모전에 한번씩 출품을 하긴 했는데, 예전만큼 자주 상을 받지는 못했습니다. 어느 순간, '내가 왜 다른 사람들에게 내 그림을 심사를 받아야 하나?' 하는 생각도 들었고, 신문사에 들어가 조직생활을 시작한 것도 이유라면 이유였고, 국제적인 흐름에 좀 못 따라간 듯도 하고 여러 이유가 있었습니다. 그래서 가급적 공모전이나 그룹전보다는 개인전 중심으로 꾸준히 작품 발표를 하자, 해서 2013년까지 1년에 한 번씩 (16년 동안 한 해도 쉬지 않고) 개인전을 열었습니다. 다만 몇년 전부터 잠시 생각이 많아져 좀 굶기는 했습니다. "그림 그리는 게 가장 쉬웠어요"라고 당당히 말할 수 있을 만큼, 작품활동은 괜찮은데 전시 홍보, 장소 섭외, 사람 만나는 일이 힘들었습니다. 아무래도 영업력이나 쇼맨쉽이 많이 부족하다 보니 개인전을 몇 년 준비를 못했어요. 다시 일어서려고 노력중입니다만… 좀 시간이 걸릴 듯합니다. 에고고고~~.

$Q6$: 표지 일러스트, 본문 일러스트 등 책 삽화작업을 많이 하셨습니다. 텍스트를 그림으로 표현하는 작업에 있어 일구식 장점이 있다면요? (지면 드릴 때 맘 놓고 자랑, 홍보하시면 됩니다~)

A6: 제 그림에는 우선 간략하지만 한 번 보고 금방 알 수 있는 이야기나 선의 느낌이 살아 있다는 게 아마 장점인 것 같습니다. 책 작업뿐만 아니라 (특히 2003~2008년 사이) 관공서, 기업체 사보 작업을 많이

했는데, 의뢰자가 원하는 것과 내 고유의 스타일을 어느 정도 유지하고 고집도 좀 부리는 성향, 이 비율 조절을 나름 잘하지 않았나 생각합니다.

Q7: 한국일보, 중앙일보 등 큰 신문사에서 꽤 오랫동안 일러스트레이터로 근무하셨습니다. 프리랜서 화가와 소속된 화가, 모두 경험하셨는데, 그 경험을 토대로 요즘 젊은 후배 작가들에게 해주고 싶으신 말씀이 있으시다면요? (물론, 상황이 많이 달라졌습니다만)

A7: 늘 준비하고 노력하고 생각하는 마음이 있으면 기회가 반드시 찾아온다고 말하고 싶네요. 털보의 소박한 경험이자 진리입니다.
"기다리지만 말고 남탓하지 말고 늘 준비하는 사람에게는 진짜 기회가 오더라구요."

Q8: 그동안 공개적으로 아내에 대한 이야기나 자랑을 한번도 안 하셨습니다! 책에서 처음으로 연애 스토리와 결혼생활을 밝히셨어요. 괜찮으시죠? (혼나서도 어쩔 수 없습니다. 이미 인쇄기 돌아가고 있습니다.^^)

A8: 뭐, 책에 100% 얘기가 다 안 나와 한편으로는 다행입니다~!!
아내와 털보는 결혼식도 그렇고 부부라면 남들 다 하는 그런 의젓한 스토리를 공개적으로 말하기보다는 마음으로 늘 얘기하면 된다고 생각하며 살고 있으니 괜찮습니다.^^

《화가의 집》 저자가 내용에 대해 아내에게 꼭 승인을 받을 필요는 없지만, 불안하기는 합니다. ㅋㅋ

Q9: 그림작업, 전시회 뿐 아니라 연극/영화 쪽으로도 발을 넓히고 계십니다. 욕심이 있다고 해서 가능한 일은 아닌데 굉장히 부지런하세요. 건강관리 포함한 자기관리 비결이 궁금합니다. (하루에 한 번 꼭 개 산책 시키기, 정원 살피기 이런 것도 괜찮습니다)

A9: 전 무조건 노력형이예요~. 가급적 가공식품 줄이고 기름진 음식과 밀가루 덜 먹고, 하루에 30분 정도는 반드시 아령 운동을 합니다. 틈틈이 개산책을 핑계로 강아지를 인질 삼아(?) 저도 한 시간씩 걷습니다. ㅎㅎㅎ

감사합니다. 건강 잘 챙기셔서 오래오래 작품활동 하시길 기원합니다.

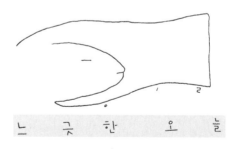

이 책을 편집하며

◆ 보조용언과 전문용어는 띄어 쓰지 않고 붙여 썼습니다.

◆ 그리고 표기법에 맞지 않더라도 이미 우리나라 사람들 사이에서 굳어진 말은 그대로 표기했습니다.

◆ 어법에 다소 맞지 않더라도 저자가 즐겨하는 표현은 조금씩 살려두었습니다.

일구, 꿈을 이루다

화가의

(일구
어렸을 적!)

#초1

그때만 해도 아주 드물게 초등학교 1학년 재수를 했다. 의도치
않게 동네 선후배 사이를 이간질하고 말았지만, 혼자 그림 그릴
수 있는 시간이 생겨 1년이 후딱 지나갔다. 참 다행이었다.

#초2

느닷없이 여자 담임선생님이 손을 그려보라고 했다. 나에게만
시킨 건 아니고 40명 전부에게 시키셨다. 무슨 의도였을까?
으아아앗! 덜컥 내가 미술부로 뽑혔다.
좋은 일인가… 나쁜 일인가….

#초3

상을 받는 즐거움보다 혼자 좋아했던 공부 잘하는 애에게 뽐내
고 싶은 마음이 더 컸다.

전교생이 운동장에 모여 아침조회를 하는 시간, 시상식 발표순간만을 손꼽아 기다렸다. 대회도 많이 안 나갔으면서 맨날 아침마다 시상식만 은근히 기다렸다. 그때부터 바보였나 보다.

초4

아버지 직장문제로 이사를 가게 되었다. 부모님은 서로 합의하에 이사하기로 결정하셨겠지만 나는 일방적으로 정든 고향의 친구들과 헤어져야 했다. 휘젓고 다니던 동네, 툭하면 올라가서 놀던 뒷동산 풀벌레들과의 이별도 무지 아쉬웠다.

나는 힘이 없기에 작은 콩알손으로 엄마 치마끈을 악착같이 잡고 떠나야 했다.

초5

충북 청원군 남일국민학교 5학년. 학교가 멀었지만 졸레졸레~ 병아리처럼 따라다니며 등하교하는 길이 무지 즐거웠다.

"땡땡땡!"

종을 치면 (나중에 안 사실이지만 시골에서는 종종 6.25때 불발탄을 동네집합 종으로 활용해 쓰곤 했다) 신기하게도 종소리가 영창보다도 더 맑게 들렸다.

"땡땡땡!"

학부모님 초대행사가 있는 날이었다. 지숙자 미술선생님의 제안으로 '누가 누가 잘 그리나' 그림그리기 대회를 했다. 누군가 내용을 제시하면 순간적으로 아이디어를 짜내 그림을 그리는, 그야말로 순발력이 요구되는 그리기 대회였다. 나는 정말 타고 나기라도 한 것인지 머리에 떠오르는 대로 막힘없이 술술 그렸고, 선생님과 학부모님들을 놀라게 하며 칭찬도 많이 받았다.

나는 그때, 어른이 되면 꼭 화가가 되겠노라고 다짐했다.

초6

6학년 담임선생님은 음악선생님이셨다. 우리는 모두 악기를 하나씩 다루어야 했다. 나는 운 좋게 피리부는 요원이 되었다. 피리를 불 때마다 피리 앞부분에 침이 흘렀고 그걸 털려고 청소하다 보면 손바닥과 손가락은 온통 끈적끈적한 침이 가득했다. 그때 친구들과 다 함께 피리로 부른 '고향의 봄'은 아직도 눈과 귀에 선하다.

아버지와 어머니, 그리고 우리 4남매.

형과는 9년 차이가 나고 큰누나와는 5년, 작은누나와는 3년 터울이다. 막내였던 덕분에 부모님의 우뢰와도 같은 잔소리 비를 잘 피하고 어린 시절을 보냈다. 콧물 질질 흘리던 나이를 지나 좀 뭔

어릴 땐, 내 발이 곧 버스였다!
가고 싶은 곳, 그리운 곳으로 나는 마음껏 걸어다녔다.
일구 어렸을 적, 그리운 나의 코찔찔이 시절….

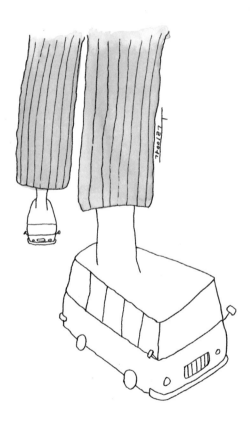

가 알려고 할 때 이사를 가면서 나에게 고난의 시대가 도래했다. 나름 공부를 좀 잘했던? 나는 새로운 환경에 적응하고 새로운 친구 사귀기가 힘이 힘들었는지 용감하게도 툭하면 예전 살던 곳에 걸어서 다녀오곤 했다. 초등학교 4학년 때 얘기다.

그렇게 사계절이 두 번 지나가니 혼자 고향에 갔다오는 횟수도 급격히 줄어들었다. 이사를 간 동네 이름은 마치 내 이름을 따서 만든 동네인 듯 '효촌1구'였다. 친구들에게서 "효촌일구"라는 별명도 얻고, 12명의 동네 또래들과 친해지면서 틈틈이 그림대회에 나가 상도 타기 시작하며 나는 서서히 안정되어 가고 있었다. 친구 이상으로 나에게 많은 힘을 준 것은 바로 '그림'이었다. 지금까지 계속 그림을 그릴 수 있는 건 아마 이때 영향이 아주 큰 것 같다.

(어머니의)
그림

"세월 따라~ 강물 따라~" 성우들의 낭랑한 목소리가 활기찼던 시대, 라디오 춘추전국시대가 시작되었음을 알렸던 1960년대. 여기저기 시골집에 라디오가 등장하고 대부분 초가집이던 동네에 털보 일구화가도 등장했다. (참고로, 1968년생. ㅋ)
자연친화적인 시골동네에서 태어나 본능에 충실하게 자랐던 코흘리개는, 40대 파릇파릇 젊었던 어머니 손을 잡고 시장에 가서 맛난 거 안 사주면 울어버린다며 나이에 딱 맞는 떼를 쓰며 어머니를 힘들게 하곤 했다. 그 시절… 그 어머니가 이제 80대 중반을 넘어 무릎관절이 불편한 할머니가 되셨다. 1970년대 후반 추억의 사진 속, 작은 누나와 함께 대문 앞에서 찰칵! 했던 영광을 다시 재현하려다 눈물이 왈칵 쏟아지고 말았다. "흑흑…."

1960년대 로큰롤의 황제 엘비스 프레슬리도 노래의 원천이 어머니라고 했다. 어머니를 기쁘게 해드리기 위해 첫 노래를 만들었고 평생 어머니를 생각하며 열심히 가수활동을 했다. 어쩌면 나 또한 엘비스처럼 타지에서 열심히 그림활동을 하는 게 어머니를 향한 그리움을 채우는 일이며 내 삶의 원천이라 생각했던 것 같다. 작가에게 그리움이 쌓이고 결핍된 마음들이 차곡차곡 포개지다 보면 캔버스 위로 좋은 작품이 나온다는 믿음이 있다.

어머니는 나의 큰 그릇이며 스승이자, 작가로 가는 위대한 이정표이다.

우리 선조 중에는 궁중화가 출신이 많다. 나도 그 피와 유전자를 물려받아 선천적으로 그림에 끼가 있다고 자부하고 있었다. 그러던 어느 날, 아주 큰 충격을 받았다.

혼자 계시는 시골어머니께 스케치북과 크레용을 보내드렸는데, 깜짝 놀랄 일이 벌어진 것이다.

크허억~~!!!

그림에 '그' 자도 모르시고, 미술교육 한번 제대로 받아보지 못하신 어머니 손끝에서 피카소 선이 나오다니….

숨은 고수는 늘 주변에 있다는 말을 또 한번 실감했다. 83년 만에 처음 본 어머니의 그림에서….

그동안 어찌 이런 재능을 숨기고 사셨을까.
처음 본 어머니의 그림에서
내 피의 원천을 깨닫게 된 날.

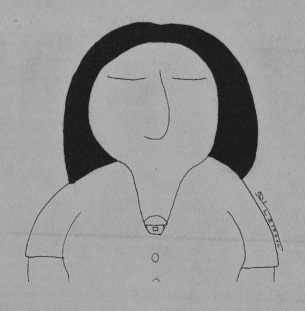

생각만 해도 그리운 이름, 어머니.
따뜻하게 오래오래 곁에 계셔주세요. 엄마~.
멀리 가지 마시고 그 자리에 꼬옥이요.

재수와
군 입대

지금도 그렇지만 나는 극과 극의 생활을 자주 경험했다. 반에서 앞에서 1등도 했다가 뒤에서 1등도 하는, 그야말로 하늘과 땅 차이의 신세계 경험들을 많이 했다.

그 시작은 초등학교 1학년 2학기 가을, 느닷없이 엄마로부터 "네가 수업을 못 따라가니 재수를 시키겠다"는 일방적인 통보를 받으면서부터였다. 이 재수를 시작으로, 고등학교 인문계시험에서 미끄러져 또 재수를 했다. 정말 재수없는 놈의 시대가 도래한 듯했다. 가족들 눈치를 많이 보며 한동안 죄인처럼 지냈다. 쇠창살만 없었지, 나는 1년간 시골감옥에서 스스로 감금생활을 했다. 의도치 않았지만 파삭 늙은 얼굴로 그 이듬해 우여곡절 끝에 농업고등학교에 입학했다.

'늙은이'라는 별명을 얻어 무사히 농고를 3년 다녔고, 대학은 2년 재수를 한 끝에 포기했다. 그리고 30대에 다시 재수를 하고 늦깎이 신입생이 되어 캠퍼스생활을 시작했다.

1980년대 후반. 대한남아 누구라면 다 가야 할 군대. 군대는 큰 걱정 하지 않아도 되었다. 나는 믿는 구석?이 있었던 것이다. 그 당시 공군사관학교가 충북 청원군으로 이전한 터라 난 너끈히 공군지역방위로 합격된 상태였다. 위풍당당하게 집에서 출퇴근 하는 1년 6개월은 그 자체로 미술부 생활과 병행할 수 있는, 자유로운 내게 딱 좋은 군생활이었다.

그런데 말이다. 막상 확정이 되고 보니 군대를 빨리 가고 싶은 이상한 욕구가 생겨나기 시작했다. 흥분한 나머지 공군방위라는 말이 나의 뇌에서 잠시 멈추고 말았다. 그만 청주시청 병무과에 연락을 해서는 군에 빨리 지원하고 싶다고 한 것이다. 담당자는 기뻐하며 지원서도 쓸 겸 오라고 했다. 나는 미루지 않고 달려가 그냥 서류를 접수했다. 나는 14일만에 초고속으로 논산연무대 육군지원병으로 2년 6개월 군생활을 했다.

뇌 한쪽에 방이 비어 있는 것 같다.
그래서 손해도 보지만
그 덕분에 그림즙이 술술 나오기도 한다.
나의 그림은
비어 있는 그 방에서 채취한
금가루 모음들.

(20대) 상경기

10대 때 옷장은 어머니의 취향으로 꾸며져 있었다. 모범적인 남색패턴 반팔 남방들이 기계적으로 진열되어 있었고, 나는 그저 옷걸이에 불과한 착한 학생역을 맡아 단순하게 등하교를 했다.

20대에는 남들처럼 멋부릴 시간도 없이 무지 바빴다. 대도시 입성을 꿈꾸는 작가지망생이었던 것이다. 심지어 이미 작가로 데뷔한 친구집에서 어머니 몰래 일주일 기생충 생활을 하며 작가 간접체험을 하기도 했다. 옷은 어머니가 사주시면 걸치는 거였고 나는 오로지 밤낮으로 작가꿈만 꾸었다. 한번은 출판사 바로 옆집에 빈방이 나왔다길래 무작정 올라와 월세생활을 시도하다가 생활고로 잠시 후퇴를 했다.

이래저래 꾸미고 다니는 20대 멋쟁이보다 작가의 꿈을 선택하여 초라한 삶이 시작되었다. 몇 년 후 나는 본격적으로 상경했다. 종로구 소격동에 나의 첫 방이 생겼다!

작가의 꿈을 실현하고 싶은 촌놈이 큰 트렁크를 질질 끌고 서울역에 무사히 도착했다. 낯선 사람숲 사이를 헤쳐나와 자취방을 찾으러 무턱대고 신림역 닭장 월세집부터 탐색하기 시작했다. 싼 게 비지떡이라고 4평 남짓 달랑 방만 있는 그야말로 포로수용소같은 낙후된 시설을 보니, 이러려고 서울 왔나 싶은 마음이 들었다. 남녀 구분해서 방은 각 층별로 있었지만 좁쌀 화장실을 공용으로 써야 하는 구조였다. 불만 없이 한번 적응해볼까 하다가 다른 곳도 좀 더 보자 싶은 마음에 종로구 소격동쪽으로 가보았다. 낯설기는 했지만 (어딘들 낯설지 않았을까마는) 1990년대 소격동 근처는 아직 개발이 많이 되지 않아 시골의 산들바람 내음이 그래도 존재하고 있을 때였다. 그냥 살맛이 났다. 마치 고향집에 온 듯 숨도 트였다. 왠지 모르게 미래가 잘 풀릴 것 같은 예감이 몰려오기 시작했다.

막내자식이 뜬금 없이 작가 되겠다고 상경한다는 걸 수없이 막아서려고 했던 어머니의 마음을 일부러 뒤로한 채 나는 20대의 작가풍선 꿈을 크게 불기 시작했다. "후우욱 후우욱~."

한 지붕 세 가족이라는 말은 들어봤지만 허걱! 하늘 아래 지붕의 또 다른 진실을 알게 될 줄이야.
때는 바야흐로 종로구 소격동 시절.

소격동 복덕방에서 곱상한 70대 중반의 할머니에게 자취방을 소개받고 짐을 풀었던 방. 그럭저럭 방의 기운도 나와 맞는 느낌이었고 아담한 마당도 있었다. 건너편에는 위급할 때 끼니를 거르지 않고 기쁘게 흡수할 수 있는 현란한 음식점이 즐비해서 무엇보다 기뻤다. 사실 부엌과 화장실이 모두 방 안에 있는 원룸구조였으면 더 좋았겠지만 돈주머니가 그리 풍족하지 않았으므로 상관없었다.

하지만 나중에 알고 보니 소격동의 그 방은 큰 방 하나를 베니아 합판으로 나누어 반은 윗방, 반은 아랫방으로 세를 놓은 구조였다. (나는 문서관련 부분에 있어 거의 까마귀 수준이었다)

내가 살던 방은 윗방이었는데 첫날밤부터 진풍경이 벌어지고 말았다. 집에 돌아와 푸욱 쉴려고 몸을 눕혔는데 계속 사람소리가 들리는 거였다. 분명 이 공간에 나만 있다는 착각이 깨지는 데는 몇 초도 안 걸렸다. 여자 목소리가 종종 들리더니 문 열고 닫는 소리가 점점 지진강도처럼 다가오고 급기야 잠을 자는 코숨소리까지 생생하게 들려왔다.

"쌔액쌕, 쌔액쌕~ 쌔액쌕~."

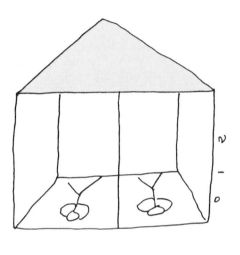

소   격   등

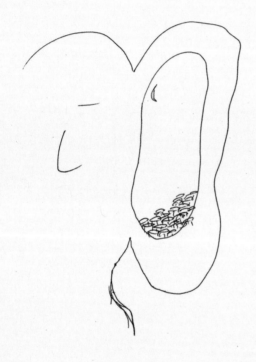

좁아도 편한 집, 넓어도 불편한 집
젊었을 때의 집, 나이들어 사는 집
잠이 잘 오는 집, 잠이 잘 안 오는 집

반려견과
함께 해온 삶

개를 키우는 일은 장단점이 많다. 그중 가장 큰 단점으로 마음 편히 여행가기 힘들다는 걸 꼽을 수 있다. 오랫동안 키웠거나 정이 많이 들었을수록 외출이나 외박을 하게 되면 많이 안쓰럽다. 용기를 내어 큰맘을 먹고 3박4일 여행계획을 세웠다. 애들을 겨우 달래고 일본 가루이자와 숲속으로 여행을 떠났다. 거기에서도 나를 반겨주는 개들이 많았다. 내 몸에서 제 동료냄새가 나는지 무척이나 좋아했다. 처음 만났는데 말이다. 감동이었다. 사람과 달리 동물들은 그대로 보이나 보다.

나와 함께 살았던 개들. 거슬러 올라가 보니 손에 꼽기 어려울 정도로 많다. 개나리, 왕눈이, 찌찌, 순딩이, 풍선, 메리, 똥개, 송사리는 이미 무지개다리를 건넜고, 지금 연희동에서 함께 사는 개는 두 마리다. 토토와 깜비. 그리고 고양이 밤비냥.

이분들 평균나이가 사람으로 치면 60을 훌쩍 넘는다. 나보다 윗어른이시니 무슨 일을 하든 먼저 챙겨준다. 밥을 먹거나 산책을 하거나 뭐를 하든 당연히 우선한다.

드라마 〈커피프린스〉에서 하얀털 올드 잉글리쉬 쉽독을 본 이후, 짝사랑하듯 매일 그리워하며 "갖고 싶다" "갖고 싶다"를 외쳤다. 사자니 가격이 너무 세고, 그야말로 철딱서니 없는 어른인 나는 날로 먹겠다는 심산으로 공짜 생각만 하며 한 달 내내 인터넷검색을 해댔다. 지성이면 감천이던가! 나에게 기적이 생겼다. 부산 남쪽 끝자락에 사는 간호사분이 사정이 있어 급! 무료분양을 내놓은 것이다. 나중에 안 일이지만 수십 명의 대기자 (전화) 경쟁면접에서 내가 당첨되었다. 그 당시 나는 초보운전자였음에도 불구하고 왕복 1,000km가 훌쩍 넘는 거리를 쏜살같이 달려가 개를 모셔왔다. (초보는 낯선 길을 돌고돌아 그날 하루 1,080km를 돌파! 하는 털보 운전 대기록을 세웠다)

그 올드 잉글리쉬 쉽독 '토토'와 매일 아침 산책을 간다. 신기하게도 토토는 매일 주인님 등에 식은땀을 흐르게 한다. 사람이 없을 때는 변을 보지 않다가 담장 너머 주인이 나타날 때 일부러 나를 테스트하고 싶은지 갑자기 뱁새눈을 치켜뜨며 하늘을 보면서 "뿌지직 뿌지직" 다리 사이로 천지개벽 소리를 낸다. 나는 안면홍조 소년이 되어 담벼락 주인 눈치를 볼 수밖에 없다. ㅎㅎ

이름: 토토
개종: 올드 잉글리쉬 쉽독 수컷
나이: 13살
인연: 3살때쯤 부산에서 데리고 온 개

어느 날 아침, 아내가 꿈에서 까마귀를 보았다고 했다.

"풋!' 겉으로 대수롭지 않은 척 식사를 했지만, 나는 살짝 걱정이 되었다. 아내는 보통사람들과 다르게 예지몽을 잘 꾸었고, 꿈꾼 걸 말하고 나면 놀라울 정도로 잘 맞아떨어졌기 때문이다.

오늘 별일 없겠지, 했는데 후배로부터 검은 개 '깜비'의 사연과 함께 키울 생각 없냐고 카톡문자가 왔다. 정말 우연의 일치였을까. 신기하면서도 놀라운 날이었다.

그동안 잘 몰랐는데 우리 깜비 얼굴이 금방금방 달라진다는 걸 어느 날 발견하게 됐다. "이뻐 이뻐!"라고 자주 말해주면 어른 깜비공주는 금세 아가 깜비얼굴을 보여준다. 신기한 〈변검〉 영화를 보는 듯하다. 〈변검〉에서 주인공이 옷 안에 미리 여러 개의 가면을 숨겼다가 마술처럼 수십 개의 얼굴을 보여주는 씬이 있다. 우리 깜비도 그런 재주가 있다.

이런저런 일을 하다보면 어쩔 수 없이 잠시 깜비를 못볼 때가 있는데 아차! 싶어 가보면 벌써 변장을 하고 나를 애절하게 바라본다. 이번에는 스타워즈에 나오는 까만 망토의 악역 얼굴로 나를 반갑게 맞이한다.

귀여운 깜비, 컴온~!^^

이름: 깜비
개종: 차우차우 암컷
나이: 6살

몇 년 전부터 한국의 여름도 '무더위'라는 단어로는 부족한, 더 지독한 단어를 찾아서 표현해야 할 만큼, 그야말로 에일리언이 찐득찐득 붙는 날씨가 장기간 지속되고 있다. 여름은 당연히 더운 게 맞지만 해마다 너무도 강렬하니, 겨울이 기다려진다. 그렇다고 겨울이 오면 간사한 사람 마음, 또 '더운 여름이 좋았지' 하는 생각이 든다. 사람도 이렇게 더위탓을 하고 있는데 털 수북이 훈장 달린 깜비공주는 얼마나 더울까, 안쓰러워 선풍기를 틀어주면 넬롬 앉아 좋아라 한다.

우리집 반려견 중 중국대륙의 피를 자랑하는 털복숭이 차우차우 깜비가 너무 더워보여 서툰 가위질로 "사각사각" 머리를 제외하고 등아래 꼬리까지 시원하게 고속도로를 만들어주었다. 올드쉽독 하얀색 토토보다는 의외로 털깎기도 편하고 (내 입장이다) 긴장 땀방울 숫자도 적다 보니 입가에 성취감 미소가 수시로 번진다. 심지어 자주 깎아주고 싶은 충동까지 생긴다.

토토를 부산에서 입양해온 지 벌써 12년이란 세월이 흘렀다. 털보도 그만큼 인생을 반백년쯤 살았을 때, 체력도 좋고 단단한 차우차우 깜비가 우리와 인연줄이 닿아 가족이 됐다. 약간 무덤덤하고 단순하지만 우왁스런 애교와 초롱초롱한 눈동자를 보면 나 또한 맑아지고 정화되는 묘한 매력이 있어 참 좋다.

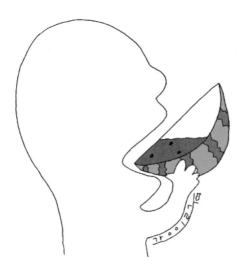

한여름엔 수박이 최고~
이젠 겨울에도 먹을 수 있는 과일이 되었지만….

그런 토토와 깜비를 위해 나는 기꺼이 머슴이 되고 벗이 된다. 이런 게 행복이다.

그 행복의 틈새를 13년 가량된 냥이 '밤비'가 파고들었다. 사랑스러운 밤비는 서열 1위다. 덜 아프고 즐겁게 오랫동안 살다갔으면 하는 게 오늘의 욕심이다.

유독 목욕시키기 전과 털깎기 전에는 경계태세를 바짝 취하곤 하는데 이럴 때는 맛난 간식이라도 주면서 달래고 싶다. 가끔 나도 모르게 반려견 교육대장이 되어버리지만 그래도 목욕시켜주고 털을 깎아주면 얘들도 자기를 이뻐해준다는 걸 귀신같이 알아챈다. 시원하게 털이 깎이고 목욕까지 한 아이들을 보면 나도 함께 행복해진다.

토토야! 깜비야! 자주자주 해줄게~ 라면서도 게으른 털보는 또 딴짓 하다 낮잠을 "드르롱 드르롱~."

가족 목욕. 자주 하자!

(저희 강아지 좀 키워주세요!)

개를 키우다 보면 뜻밖의 일도 생긴다. 화랑대 근처에 있는 모여대에서 디자인학과 일러스트 실기강의를 할 때였다. 하루는 한 학생이 머뭇거리다 이렇게 말하는 것이다.

"교수님, 저희집에 이쁜 강아지가 있는데 사정이 생겼어요. 잠시 맡아서 키워주실 수 있으신가요?"

나는 어설프게 "그래!" 하고는 수업을 마무리지었다.

그 다음 주 실기수업 시간, 그 학생이 "짠~" 하며 초로초롱한 눈을 한 강아지를 데리고 나타났다. 나는 네 살이 다된 '자금이'라는 갈색 코커스패니얼을 집으로 데리고 와 애지중지 달래고 달래며 키웠다. (이때 이미 우리집에는 큰 잉글리쉬 쉽독 토토와 고양이 밤비가 안방을 차지하며 텃세를 부리고 있었다)

그러는 동안 학교와 지인들 사이에서는 이상한 소문이 퍼져나가고 있었다. 코커스 다음으로 진돗개, 백구, 심지어 시베리안 허스키 등등 왜 키워달라고 하는지 무척 궁금할 정도로 이런저런 애달픈 사연들을 가진 이들이 나를 괴롭혔다. 마음 같아선 다 받아들이고 싶었지만 끝내 고민에 고민을 거듭하다가 거절을 할 수밖에 없었다.

오랫동안 동물과 함께 살며 미운정 고운정이 사계절 낙엽처럼 쌓였다. 12년의 세월. 가족 이상의 가족이 된 우리는 눈빛만 봐도 무슨 생각을 하며 어디가 아픈지 알아차릴 수 있게 되었다. 아주 간혹은 우리가 전생에 함께 살았던 인연끈이지 않을까 하는 생각도 든다. 개 나이로는 15살. 사람나이로는 80대. 우리집에 엊그제 온 것 같은데 은근히 세월이 빠르다!

우리집에서 사랑 듬뿍 받으며 13년을 함께 살다가 행복하게 무지개다리를 건너간 자금이는 성격이 명랑했고 뒷끝도 없었다. 자금이는 늘 편안한 친구, 분신같은 존재였고, 주변에서 큰 개들이 괴롭히거나 말거나 항상 웃음기 가득했다. 내가 자금이였다면 큰 개들 틈에서 눈치 보느라고 체중이 쑥 줄었을 텐데…. 병원에선 죽을병에 걸린 것처럼 포기하라고 사형선고를 내렸지만 자금이는 보란 듯이 1년을 더 왕성하게 살았다. 눈 내리는 겨울을 지나 봄이 되어 자금이는 그렇게 우리 곁을 떠났다. 몸은 떠났으나 그래도 늘 마음은 곁에 있으니 든든하기만 하다.

시츄 풍선이도 떠오른다. 몸이 볼록하여 뛰어다니는 모습을 멀리서 보면 부푼 풍선이 움직이는 것 같다고 해서 '풍선'이라는 이름을 붙여주었다. 성격은 단순, 씩씩, 쾌활. 사람이든 개든 그 누구와도 바로 급속도로 친해지니 이보다 좋은 개가 어디 있을까나!

풍선이는 정들려고 할 때쯤 아내의 권유로 일본 오사카에 있는 어머니집으로 갔다. 한국에서 살다가 일본을 가도 (따로 외국어를 배우지 않아도) 바로 의사소통이 이루어지는 이 묘한 동물. 참으로 부럽다. 풍선이는 거기서 어마어마 호화롭고 사치스러운 사랑을 한트럭 받고 행복하게 살다 무지개다리를 건넜다.

지나온 반려견 추억 중, 코커스(자금이)나 시츄(풍선) 종류의 개와 함께 살아 보니 어느 정도 성격이 쿨하고 뒤끝이 없다는 건 참 좋은 일이라는 걸 새삼 깨닫게 된다. 그런데 개와 함께 있으면서 정작 나는 쿨하지 못하고 훈련대장처럼 이래라 저래라 언성만 높였던 적이 많았다. 쿨한 개보다도 못한 나의 뾰족한 마음은 언제 철이 들까.^^;;

동물처럼 그대로 받아들일 것, 변하지 않고 한결같은 마음의 산을 쌓을 것, 오늘도 반성하며 노력하고 또 노력한다.

자금이

성격이 쿨하고 뒤끝이 없다는 건 참 좋은 일.
동물처럼 그대로 받아들일 것,
한결같은 마음의 산을 쌓을 것.
매일 반성하며 노력한다.

풍 선

(이쁜 냥이
  밤비와의 만남)

연희동에 이사온 지 벌써 13년.

어느 날, 아내가 싱글싱글 웃으며 "검은 냥이가 골목부터 날 따라오더니 밖으로 나가질 않네" 했다. 그렇게 키우게 된, 한 달 정도 돼보이던 아기 밤비. 똑똑하고 민첩한 밤비는 마치 독심술 공부라도 한 것처럼 상대방이 무얼 하는지 5초 먼저 알고 행동을 개시한다. 그뿐 아니라 우리집에 먼저 와 있던 큰개 토토와 차우차우 간의 서열도 개미만한 밤비가 정해버렸다.

성격은 까칠하지만 이쁨을 수시로 받고 싶어 하는 턱시도 밤비. 깔끔한 데다가 일찍 자고 일찍 일어나는 아침형 냥이다!

비가 추적추적 내리는 날 스스로 우리집으로 당당하게 들어왔던 어린 냥이는 사계절이 열두 번 지난 어느 날, 평소처럼 집에서 딩가딩가 놀다가 밖에 나갔다 오겠다고 냐아앙 냐아앙거렸다. 매일 문을 열어주면 자기 놀고 싶은 만큼 놀다 들어오곤 했다.

그러나 살다 보면 원치 않은 일도 생기는 게 인생이다. 12년간 우리집 동물서열 1순위 보스로 군림하던 밤비냥이 3일째 밖에서 산책중?이다. 잠시 산책 갔다가 돌아오는 건 밤비의 오랜 일과였다. 그동안 아무 문제없이 그래온 밤비였다. 워낙 머리가 좋아 사람마저 왕따를 시키곤 했는데… 잘 갔다올 것처럼 의기양양 인사하고 산책을 나갔는데… 나가자마자 폭우가 쏟아진다.

별일 없기를 바라며 동네에 벽보를 붙이고 페북에도 올리고 주변 연희동캣맘에도 알렸다. 그러는 동안 비가 더 거세게 오니 별별 생각이 다 들었다. 차에 치인 건 아닌지, 어디 갇힌 건 아닌지, 혹시 누가 키우려고 데려간 건 아닌지….

그렇게 일주일이 지났다. 오전에 외출하려고 보니 나무 아래에서 뭔가 거무틱틱한 게 "이야옹 이야옹" 하며 조금씩 다가오기 시작했다. 순간 울컥! 울컥, 눈물이…. 밤비? 어디 갔다왔냥!

이름: 밤비
종류: 수컷 고양이
나이: 12살
인연: 아기때 비오는 날 우리집에 들어와서 지금까지 잘 살고 있는 장수냥

(화가의
아내)

내 자랑도 잘 못하지만 집 자랑, 차 자랑도 대놓고 못하는 느긋한 충청도 사람이다 보니, 나는 아직 아내 자랑을 한번도 해본 적이 없다. 아내나 나에 대해 잘 아는 사람은 거의 없지만, 우리는 23년째 당당히 잘 버티며 살고 있다.

아내와 나는 1990년대, 동방예의지국의 규율이 엄격했던 그 시대에 이미 통상의 윤리규범?을 깨뜨리고 동거를 먼저 시작했다. 아내는 일본사람. 나이는 초특급 울트라 연상.

부모님께 정식 허락도 받지 않고 우리는 불광동 옥탑방에서 출발했다. 어차피 말씀드린다 한들 어마어마한 입 화산이 부모 입 안에서 뿜어져나올 게 뻔했다.

외롭고 힘든 여건 속에서 가난하기까지 했던 젊은 우리는, 영주권을 얻기까지 일본과 한국을 오가며 견우직녀처럼 여러 해 그렇게 눈물나는 인연줄을 만들어갔다. 이런 사연 속에서 아내의

너와 나의 짧은 헤어짐은
곧 기나긴 기쁨의 약속 다리.
마음은 항상 함께 있고 싶지만….

그림도 하나씩 하나씩 탄생되었다.

아내가 나를 부르는 별명은 '상어.' 사람이 많이 있는 자리든 둘이 있는 자리든 우리는 언제부터인지 어류인간이 되어 서로를 상어, 붕어라고 부른다. 나는 상어 아내는 붕어.

어릴 때부터 나는 그림 그리는 화가라면 당연히 1년에 한 번 정도는 그림책을 출간하거나 개인전을 해야 한다는 강박관념이 있었다. "그래야만 작가이고, 작가의 길로 접어드는 그 순간부터 발표를 해야 한다"고 애국가 부르듯 웅얼웅얼거렸다.

그렇게 일러스트나 카툰을 그려서 생긴 수입의 반을 개인전시회에 기꺼이 투자하곤 했다. 결국 내 그림과 내 전시의 과정사를 보는 것이므로 얼마든지 오케이였다.

나는 후원이나 스폰 등을 이유로 여기저기 기웃거리지를 못해, 그냥 묵묵하게 내가 할 수 있는 범위에서 내 개인전 홍보를 조금씩 했다. 신문사 문화부 기자, 방송·문화 관계자, 출판·미술 관계자에게 우편 또는 전화약속을 하고 만나는 정도의 일이 다였다. 그런 촌놈이 1995년에 일을 벌였다. 겁도 없이 인사동 인데코화랑 2층에서 개인전을 열기로 한 것이다.

친하다는 이유로 액자는 친구 재득이네 가게에 맡겼다. 이 친구 정말 진한 우정국물이다. 액자도 깔끔하게 잘 만들 뿐만 아니라

상어와 붕어는
그 때 부터 지금 까지,
앞으로도 계속
오래오래
행복하게
잘 살고 있습니다. ^^

일구 짱과

연
습
장
의

세상 엿보기

이 그림들은
붕어(상어의 아내)가
그렸답니다.

전시설치 하는 날에는 충북 청주에서 서울 인사동까지 자기 차로 직접 그림을 운반해주었다. 그때 밀려온 감동의 쓰나미는 아직도 가슴 속 깊이 남아 있다. 고맙다, 임재득!

지인도 찾아주시고 불특정소수의 관람객이 오고가며 그렇게 전시는 무사히 진행되었다. 방명록에 까마귀글씨처럼 새겨 놓은 사람도 있었는데, 나중에 알고 보니 (지금의) 아내가 그날 일이 있어 인사동에 왔다가 갤러리에 잠시 들렀었다는 얘기. 거기다 중국무술도장이나 짜장면집에서나 볼 만한 (단추가 여러 개 달린) 특이한 검은색 위아래 의상을 입고 양쪽머리를 딴 이색적인 모습에 나도 모르게 사진까지 찍었던 기억이 난다.

개인전은 다행히 별다른 사고 없이 잘 끝났다. 방명록을 정리하던 중 기억에 스쳐간 그녀의 남자같은 필체에 잠시 호기심반 기대반 도전반의 용기가 생겨 전화를 걸었다. 일주일 후 만나기로 약속을 했는데 나는 카페가 아닌 집으로 초대를 받았다. 그녀가 사는 집으로. 한 번 살짝 본 인연인데도 불구하고 아주! 신선하게 초대를 받았다.

눈물이 왈칵 쏟아질 만큼 정성스레 황제의 저녁밥상을 준비한 그녀를 혼자 남겨두고 오기가 슬프고 아쉬웠다. 그래! 무슨 일이 내 앞을 막더라도 그녀의 공간 무대로 자연스럽게 이사를 가보자! 나는 프로포즈 이사 카드를 내밀기 시작했다. 스윽 스윽~~.

아내와 항상 함께 있고 싶은 마음.

그렇지만 현실은 떨어져 지내야 할 때가 많았다. 비자의 유효기간이 얼마 안 남으면 다시 재발급을 받으러 일본으로 갔다와야 하는 일이 한두 번이 아니었다. 나라는 사람을 만나 고생을 사서 하는 그녀. 해가 바뀌어도 항상 미안하고 미안한⋯ 붕어.

이제는 내가 그녀의 발이 되고 눈이 되는 그런 키다리 아저씨가 되어야 하는데 난 아직도 키만 컸지 정신연령은 열 살의 초딩 3학년 수준. 인생의 동반자로 함께 수평선으로 잘 걷고 싶은데 무기력할 때가 많다. 끊임없이 배워 나가는 인생길에서 불안이라는 파도가 엄습해오지 않게 나를 튼튼히 키우고 싶다. 쑥~ 쑥~.

(삼청동
시절)

내가 살았던 옛날 옛적 삼청동 집 절벽같은 담 너머로는 인왕산과 푸른 지붕을 자랑하는 청와대가 보였다. 종종 힘들고 고향생각이 간절해지면 동네 담벼락을 지나 큰 울타리 앞으로 산책을 가곤 했다. 그 당시만 해도 삼청동은 시골 공기와 비슷하게 생기가 있었고 도심지 속 산골 분위기를 간직한 곳이었다. 시골 털보가 사는 데 큰 불편함이 없었다.

그런 동네에서 몇 년 후 알게 된 기가 막힌 사연.

내가 산책을 자주 갔었던 삼청동 담벼락 바로 밑 기와집에서 아내가 살고 있었던 것이다. 놀랍고 신기했다. 내 자취방에서 불과 100m 가량 떨어진 곳이었다.

세상에나! 같은 하늘 아래 삼청동에서 살면서도 서로 모르는 사이로 살다가 기적처럼 만나게 되다니, 이건 인연이라고 할 수밖에 없었다.

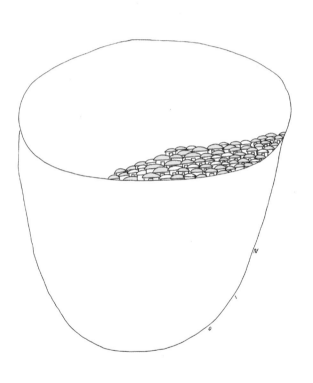

기와집이 많은 서울 한복판의 삼청동 풍경.

나는 그런 모습을 전생에서도 본 듯 익숙해서 너무나 좋았다. 기와집 풍경이 낯도 익고 좋아서 한복과 옛 문화를 자연스레 만나 볼 수 있는 소격동에서 복덩방 할머니를 알게 되었고, 그 할머니에게 소개받아 간 곳이 윗동네 삼청동 집이었다.

하늘과 맞닿아 있어 낮에는 푸른하늘과, 밤에는 초롱초롱 별빛 바다와 데이트하는 낭만이 좋았다. 거기다 나처럼 월세를 사는 세입자들의 삶노래도 아름답게 들려오곤 했다. 한 분은 노동자, 또 한 분은 소설가, 또 한 분은 서예가 선생님 그리고 안채에는 부부가 전세로 살았다. 각자 하루하루 열심히 사는 땀방울이 참으로 아름답던 시절이었다.

그렇게 삼청동의 낮과 밤은 한 알 한 알 리얼다큐 삶그릇으로 진행이 되었는데 나중에 알고 보니, 내가 살던 삼청동 고지대 코앞 불과 100m 앞에 아내가 살고 있었던 것이다.

그 사실을 알게 된 아내도 이렇게 말했다.

"우리가 그 전에 진작 알았다면 더 좋았을 텐데…."

몰랐던 인연. 몇 년이 지나서야 비로소 연결된 소중한 인연.
걸어서 5분밖에 안 걸리는 곳에 인연이 있었음을….
세월이 많이 많이 흐른 후에야 만나,
눈물탑을 쌓아가며 알게 된 소중한 인연임을….

(불광동
삼협빌라 201호)

종로구 소격동 생활과 삼청동 생활을 막을 내리고 우리는 불광동 11평의 아담한 집으로 거처를 옮겼다. 북한산 입구 막다른 언덕 끝에 있는 삼협빌라 201호.

남들 보기에는 허름하고 좁은 곳일지 모르지만 우리에게는 더없는 천국의 신혼집이었다. 낯선 지방 출신 자취생과 물선 타국 이방인의 묘한 인연이 공간의 크고 작음에 상관없이 함께만 있어도 그저 좋은 보금자리를 꾸렸다. 게다가 우리의 마스코트인 말티즈 수컷 '송사리'와 경복궁에서 온 암컷 '개나리'와 함께였다. 마냥 행복한 하루하루였다. 도심에서 하는 자연인 생활이었다고나 할까. 우리는 배고프면 먹고, 일하고 싶을 때 일하고, 본능에 가까운 천국생활을 했다.

하루는 송사리와 개나리가 우리 모르게 긴 산책을 나갔다 오길래 수상하다 싶었는데, 결국 두 달 지나 배가 볼록~ 5마리의 귀

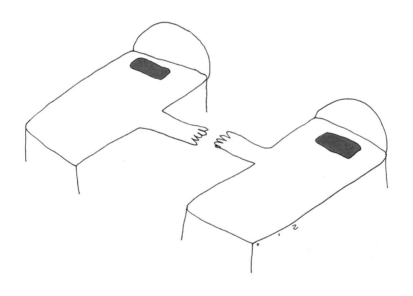

엽고 사랑스러운 새끼를 선사해줬다.

순덩이, 왕눈이, 찌찌, 수장, 막내. 개엄마도 닮고 개아빠도 닮고. ㅋㅋ 어쨌든 동물가족을 조성하고 있을 때 하늘에서 또 하나의 선물이 도착했다.

폭우가 퍼붓던 어느 날, 산사태로 닭장이 무너져 미니 관상용 닭두 마리가 우리집 근처로 오길래 데리고 왔다. 불광동 동물가족의 역사가 도래한 것이다. 방 2개와 좁은 거실이 있는 11평의 빌라. 우리에게 행복한 쉼터이자 안식처였다. 지금 생각해보면 아랫집 101호에 사는 분은 개도 싫어했는데, 윗층 사는 우리는 개에다 닭들까지 키우며 쿵쾅댔으니 스트레스가 상당했을 것이다. 이제서야 그분들께 미안한 마음이 든다. 그때 죄송했습니다!

해가 저물면 달이 교대로 친구가 되어주니 외롭지 않았고, 땅밑세계에서는 더불어 벗이 살고 있으니 행복했다. 땅 위에는 송사리 말티즈와 가보 오리군 그리고 붕어가 단꿈 꾸며 자고 있으니이게 행복이었다.

아내와 새 가족 오리, 시골 토종닭과 개나리, 송사리 가족이 알콩달콩 지지고 볶으며 살았던 그곳. 뉴스에 북한산 관련 소식이라도 나오는 날이면 사무치게 그리워진다.

아! 불광동 삼협빌라 시절이여.

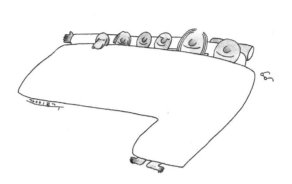

아내와 새 가족 오리, 시골 토종닭과 개나리, 송사리 가족이
알콩달콩 지지고 볶으며 살았던 그곳.
사무치게 그리운 시절, 아! 불광동 삼협빌라 시절이여.

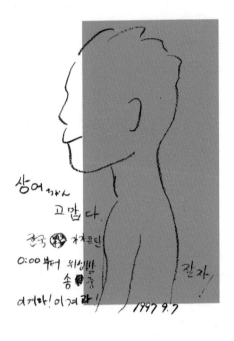

붕어가 상어에게 써준 글과 그림들

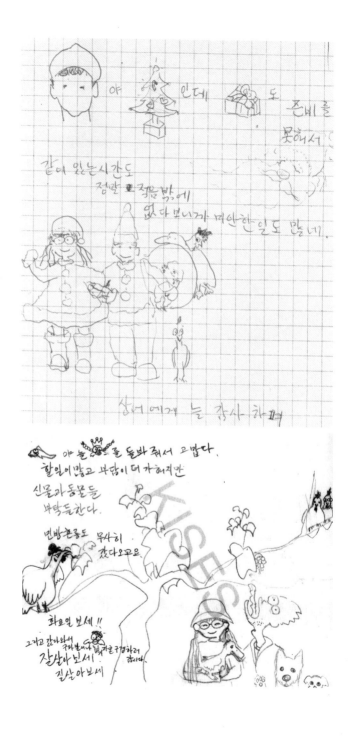

야 ☆ 인데 🎁 도 준비를 못해서

갈이 있는 시간도 정말 적음 밖에 없다 보니가 미안한 일도 많네.

상어에게 늘 감사하며

야 늘 ♡를 돌봐 줘서 고맙다.
할일이 많고 부담이 더 가해지만
식물과 동물들
부탁들한다.

먼방훈련도 무사히 갔다오고요.

화요일 보세 !!

그리고 갈아와서 구하보내나 박겨로 구경하려 잠상아 보세 함니다.
질산아 보세

작품제목: 무제
1999년, 제도용 잉크, 수채화물감

1999년 폴란드 남부 작은 도시 레닝자에서 주최한
폴란드 국제 유머아트페스티벌 경쟁부문 특별심사위원상 수상작품

일구 작품,
폴란드에서 상을 받다

이 그림을 본 심사위원 '주근스키' 씨가 나를 기다렸다고 한
다.(주근스키? 발음상 이렇게 부른다. 부를수록 '죽음스끼'라고
이상하게 들리지만…) 어쨌든 그는 내가 폴란드 시상식장에 오
기를 손꼽아 기다렸다고 했다. 만나자마자 (남자끼리ㅠ) 껴안더
니만 정신없이 말을 토해내기 시작했다. 말도 통하지 않는 나에
게 쉴새 없이 폴란드어로 얘기를 하는데, 아무래도 '나'보다도
상받은 '그림'에 대한 애정이 각별해보였다. 시상식장을 떠나기
전까지 그는 나에게 해맑은 눈웃음을 지으며 굵은 수염 사이로
언뜻언뜻 장난끼 어린 모습과 손짓도 보여주었다. 지금도 아른
거리는 추억이자 옛 기억의 한 조각이다. ^^

(신문사에 들어가) 그림을 그리다

시골촌뜨기 미꾸라지가 용이 되겠다고 충남일보 공채시험에 지원했다. 시사만화가 부문에 응시하러 천안으로 향했다. 면접실 앞에서 순서를 기다리고 있는데, 옆자리에 앉아 계신 분을 보니 아는 선배님이었다. 이런저런 얘기를 하다가 선배님이 점심을 같이 하자고 제안하셨고, 나는 바로 승낙했다. 선배가 면접실에 먼저 들어가 국장님과 1:1 미팅을 했고, 드디어 내 차례가 왔다. 국장님 면접이 끝날 즈음에 국장님께서 "자네, 점심 함께 하지!" 하셨다. 나는 주저하다가 "저, 사실은 선배님하고 선약이 있는데요"라고 말하고 말았다.

지금도 그렇지만 나는 그때도 무척 천진난만했다. 공채시험을 보러 천안까지 왔으면서, 그 귀한 시사만화가 공채시험에서 합격의 의미로 제안한 점심을 나는 의리로? 선배와의 약속을 지키

가영2ㄱ

운명은 참으로 신기하면서도 재미있다.
충남일보가 되었든 한국일보가 되었든 중앙일보가 되었든
어쨌든 나는 신문사에서 그림을 그릴 운명이었던 것 같다.

느라 거절했다. 엉뚱한 사건이 아닐 수 없었다. 그렇게 나는 면접에서 자의로 미끄러졌다.

지금 생각해보면 그때 충남일보에 취업을 했으면 지금 나의 운명 또한 바뀌었으리라! 한편으로는 나의 그런 행동에 감사한다. 그 시험에 낙방하면서 더 노력하여 서울에 있는 한국일보신문사에 특별채용이 되었고, 이어 국내 최고 메이저 신문사인 중앙일보에 일러스트레이터로 당당하게 입성?했다. 신문지면에 나름 큰 개혁을 꿈꿨던 '일구시대'가 시작되고 있었다.

33세, 방송출연과 강연 시작

신인작가 시절, 배는 고파도 오로지 한 길을 걸으며 묵묵히 작업과 영업을 병행했다. 어떨 때는 그림만 그리는 게 쉽다고 느껴질 정도였다. 포트폴리오를 만들어 외판사원마냥 큰 가방 안에 넣고는 하루에 적어도 네 군데 출판사 및 잡지사를 돌면서 그림을 보여주었다. 하지만 포트폴리오를 꺼내기도 전에 퇴짜를 맞기 일쑤였다. 운좋게 포트폴리오를 꺼낸다 하더라도 다음 기회에 보자거나 연락주겠다는 대답이 다반사. 맥 빠지는 날들의 연속이었다. 그러면 오기와 집념이 더 생겨 그 다음날은 더 열심히 더 많은 곳으로 영업을 다녔다.

시간이 흐르고 실력이 좀 늘었는지, 이제 방송국과 신문사, 출판사, 잡지사, 디자인회사에서 일러스트 의뢰가 들어오기 시작했다. 점점 일이 많아졌고 급기야 모르는 곳에서 희한한 전화도 오고 신기한 편지도 한번씩 받게 되었다. 나름 좀 유명해지니 생각외로 신인시절의 잡생각은 줄어들었다. 대신 중압감과 마감에 대한 스트레스가 상당했다. 안 마시던 맥주도 자주 찾게 되고 작업실에 앉아 있는 시간보다 밖에서 사람들 틈에서 웃는 시간이 더 많아졌다. 그림량이 점점 줄어들고 있었다. 아주 간혹 "이렇게 그림 작업실을 자주 비워도 되는가?" 하는 걱정마저 들었다.

1999년, 천년의 끝자락이 막을 내릴 때 나는 은둔자 겨울아이처럼 지내고 있었다. 그림을 그리다가 좀 추워지면 이불속 숲에 들어가 낮이고 밤이고 웅크리고 누워 있었다. 상상의 나래를 펼치다가 꿈꾸며 메모하다 쓰러져 자던 나날이었다.

그렇게 크리스마스도 지나고 12월의 마지막날 밤, 털보에게 혜성과도 같은 기적의 골든벨 소리가 울리기 시작했다. 외곬스럽게 그림만 생각하며 살던 시기였다. 주변사람들은 혀를 끌끌 차며 왜 젊은 사람이 멋도 없이 청춘을 보내냐고 껌씹고 뱉듯 얘기를 하곤 했지만, 나는 그림 안의 마술무대에 오른 것처럼 살았다. 연필로 메모만 하면 내가 원하던 상상의 무대세계가 하나하나 현실로 다가오는 성취감을 느꼈고, 나는 그런 삶에 만족하고 있었다.

그림 하나로 시골에서 올라왔고 그것 하나로 배불렀던 시절, 종교는 없지만 힘들 때마다 한 줄기 빛처럼 희소식을 안겨주는 가슴벅찬 인연들과 일들이 나타났다.

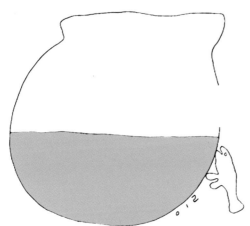

있는 자리가 행복하지
않으면
다른 자리도 마찬가지

"지금 자리„   일구

2000년이 시작되자마자 KBS방송국에서 연락이 왔다. 2TV 뉴스
투데이 생방송 출연을 계기로 인터넷 온라인기업에서 카툰작업
의뢰가 들어오기 시작했다. 이어 MBC가이드 및 코엑스전시장
에서의 플래시영상을 보고 대학교 강의가 들어왔고, 기독교 라
디오방송 출연, 심지어 드라마에서 화가대역까지 하기에 이르렀
다. 털보의 전성시대가 열린 것이다!

2000년이 시작되면서 그야말로 그동안의 눈물 젖은 빵에 대한
보상이라도 받는 듯 참으로 감사한 일이 많이 생겼다. 내 나이
서른셋일 때였다.

그때 KBS방송 PD로 온 진범과는 오랜 지우가 되었고 덕분에 친
동생까지 인연으로 이어지는 참으로 묘한 감사한 경험도 하게
되었다.

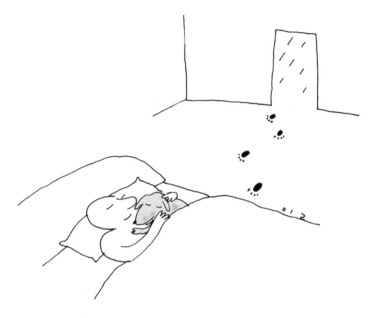

좋은 친구란
그냥 있는 그대로의
나를 인정해주는 친구
"고마워 친구"

(옷에 관한 추억)

나는 덩치 큰 물건들보다 아기자기한 소품이 좋다.

헌것 새것 상관없이 정과 그리움이 깃든 물건이면 모두 좋아한다. 쓰다 남은 성냥이나 낡은 의자, 몽당연필 등 주변에서 흔히 볼 수 있는 재료들을 만나면 무척 신이 나고 즐겁다.

언젠가부터 기성제품 옷을 사서 입는 것보다 내 옷을 내가 한번 어설프더라도 만들어보자 하는 생각이 들었다. 고심을 좀 했다. 일년 사계절 입을 수 있고 유행을 덜 타는 나만의 털보옷. 그래서 동대문상가에 천도 보러 다니고 집에서 몇 년 동안 디자인 스케치도 해보고 테스트도 해보았다.

하얀 개량한복 위아래 한 벌을 디자인해서 일단 의뢰했다. 결과는? 남들이 장례식장의 상주옷 같다고 했다. 그래도 나는 처음부터 끝까지 발품팔아 만든 내 디자인의 내 옷 완성품이 아주 만족스러웠다. 나는 한동안 너플너플 그 옷을 잘 입고 다녔다.

앞뒤 상황, 기분에
따라 바꿔 쓸수 있는
모자

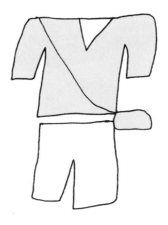

나름 나만의 옷과 모자가 있다.
나는 화가다.

가족이라 해도 될 만큼 친한 친구, 내 오른쪽어깨 정도 되는 친구의 결혼식 날.

희한하게도 내 옷장에 딱 한 벌의 검은 양복이 있었다. (지금은 그마저 처분하고 없다!)

워낙 일찍 어린 나이에 수염을 기르고, 양복보다는 그냥 있는 듯 없는 듯 개량한복을 입고 다니다 보니 양복과는 자연스레 이별식을 치렀었다. 어찌됐든 어마어마하게 친한 친구의 결혼식장에 나답지 않게 양복을 입고 나타나자 신랑친구가 뜻밖에 반기며 이렇게 말했다.

"사회를 맡은 지인이 고속도로에서 차가 막혀 늦게 도착한다네. 어쩌지?"

두꺼비같은 손으로 내 손을 덥썩 잡으며 울다시피 뜨거운 눈으로 사회를 봐달라고 부탁을 하는 바람에 얼떨결에 승낙하고 말았는데, 문제는 지금부터.

결혼식은 순서대로 진행되고 어설픈 풋내기 사회자가 떠듬떠듬 멘트 날리며 신랑신부 하객인사를 할 때였다. 신랑이 나이아가라폭포 저리 가라 할 정도로 하염없이 우는 바람에 이내 사회자인 나도 덩달아 눈물샘이 터진 거였다.

이 뭐꼬~~ 흐엉흐엉. 터진 눈물 흑흑!

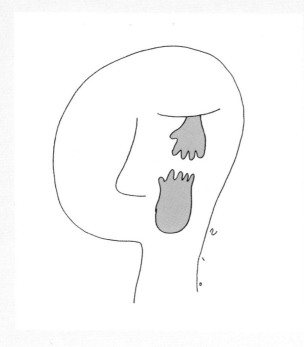

우리는 좋은 일에도 많이 운다.
눈물이 흐르는 건 전염성이 강한 일.
내 눈물 네가 닦아주고, 네 눈물 내가 닦아주고.

(노랑색 화가)

내 그림에는 유난히 노랑색이 많다. 누군가는 그 많은 색 중 왜 하필 노랑만 고집하냐고 묻는다.

처음부터 노랑색을 고집한 건 아니었다. 이색 저색 쓰다가 30대 초반부터 노랑색이 좋아져 계속 사용하다 보니 그림에 많이 쓰게 된 것 뿐이다.

노랑은 구도자에게는 길을 묻는 색일 수도 있고 어떤 이에게는 단순한 기호색일 수도 있다. 난 후자에 속하다가 최근 무종교임에도 불구하고 마음수련 겸 위안과 평온을 위해 더 자주 칠하고 있는 중이다. 노랑색만 보면 고흐와 고갱이 그립고, 노랑색만 보면 따뜻한 봄이 그리웁고, 노랑색만 보면 고향과 어머니가 그리웁다. 그래서 나는 노랑색에 더욱 집착하는 듯하다.

그려도 그려도 만족스럽지 않고 때로는 성취감, 희열감보다 허전함만 가득할 때도 있다. 쓸데없는 잡생각 또는 배부른 생각일

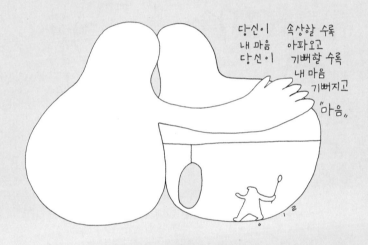

당신이　속상할 수록
내 마음　아파오고
당신이　기뻐할 수록
　　　　내 마음
　　　　기뻐지고

"마음"

깜비만 이뻐하다가
옆에서 노려보고 있던 토토에게 "크아학" 물렸다.
아 아프다!
그렇지만 나의 감성을 직설적으로 건드려주는
반려견들이 있어 무지 감격!

수도 있지만, "그럴 시간 있으면 그림이나 더 그려라!"라는 말을 들을 때면 창작하는 이의 마음에 생채기만 생길 뿐이다.

어쩔 수 없는 창작생리다. 무형의 현실에서 뇌즙 짜내듯 아이디어를 짜내고 짜내다 보면 연륜이 쌓일수록 허전함이 배가 되면 더 배가 되지 감소할 기미는 없어 보인다. 세월이 갈수록 나름 창작 후의 상실감을 평정심으로 달래기 위해 노력한다. 무술 고단자일수록 흔들리지 않기 위해 마음수련을 해서 평정심을 유지하는 것처럼, 털보도 또 단련하고 단련하고 있는 중이다.

내 그림, 내 삶을 위하는 것이 주변을 위한 길이다.

한번은 애완견 전문 잡지사에서 인터뷰를 요청해왔다. 사진기자, 취재기자와 함께 개를 키우게 된 사연부터 이런저런 얘기들을 하며 한 시간가량 인터뷰를 하고 사진촬영을 했다. 현란하게 토토(올드 잉글리쉬 쉽독) 중심으로 사진을 찍었다. (그때는 차우차우종 깜비를 키우지 않을 때였다)

옆모습, 앞모습 등 다양한 구도로 촬영하고 인터뷰도 마치고 한 달 후 이쁜 책이 도착했다. 한참을 찾다 보니 토토와 함께 촬영한 사진은 온데간데 없고 잉? 털보만 "떠억" 흑백사진으로 나와 있었다!

(노력형
천재화가!)

언제였더라. 그림을 그리게 된 두 번째 사연이라고나 할까?

초등학교 시절, 나는 의외로 또래친구가 무려 12명이나 포진된 면 동네의 행운아였다. 늘 대문 앞에서 철수야 영희야 부르면 친구들이 도깨비방망이처럼 나타나 나를 반갑게 맞이해줬다. 그런데도 마음 한구석에는 적잖은 그리움물이 늘 파문을 일으켜 무엇으로 이 고민을 해결할까 하다 집 마당에 꼬챙이로 어설프게 그림을 그리기 시작했다.

그때 그 어린 꼬맹이는 화가가 되겠다고 거침없이 미래를 결정했다. 틈만 나면 산으로 들로 자연 속을 뛰어다녔고, 어린 나이에 간도 크게 엄마가 나간 틈을 이용해 변소에서 멋진 화가어른 흉내 낸답시고 뻐끔담배도 피웠다. 그러다 갑자기 다시 들어온 어머니에게 들키지 않으려고 왼손 오른손 허우적 허우적대며 땀방울 우산을 만들던 때가 엊그제만 같다.

나는 늘 생각한다. 내 작품, 내 그림들은 항시 그릴 때만큼은 생기와 혼을 담아야 한다고! 죽은 그림을 반복적으로 그리는 자살행위는 하지 않겠노라고. 이미 초등학교 미술부 활동을 하면서 나 자신과 약속을 했던 터라 낯설지는 않다. 죽은 그림이 아닌 살아있는 생기있는 그림을 위해 나는 오늘도 노력을 한다!

생기의 파도는
나의 뇌와 나의 손을
노력형 천재화가로
척척 만들어준다.

화가의 집

(화가의 집)

사회성이 그닥 풍부하지 않음에도 용하게 한국일보와 중앙일보에서 제법 오래 일러스트레이터로 일을 했다. 그러다 프리랜서로 전향하고부터는 출퇴근 시간이 없다 보니 집과 생활공간에 대한 집착이 커지기 시작했다.

일터이기도 한 나의 집은 하루 종일 기거하는 장소이므로 평온하면서도 쾌적해야 한다. 이왕이면 집도 숨을 쉬고 생기가 있어야 좋다. 예전에 월세를 살았던 종로구 소격동 집은 공기가 아주 좋았고 그다음 삼청동 월세집도 공기가 정말 좋은 곳이었다.

한동안 "누구는 어떻고 저떻고…," "그림을 때려치고 다른 거 하라!"는 말을 많이 들었다. 심지어 부모님도 협박 아닌 협박을 하시며 잊을 만하면 뇌공간을 난타하셨지만 나는 워낙 강한 강씨 고집의 소유자다. 순순히 물러서지 않았다. 나는 남들과 비교하는 것에 흥미가 없었고 화가의 마음집이 좁아도 편하면 그뿐,

좁다 넓다, 하는 의미보다
화가의 '생각' 집이 존재한다면 그걸로 행복했다.
지금도 그렇다.
숨 쉬는 집, 생기 있는 집이어야 한다.

그저 현재에 만족했다. 좁다 넓다, 하는 의미보다 화가의 '생각'
집이 존재만 한다면 행복했다. 지금도 그렇다.

고래덩치 만한 큰 집보다는 미니집이라도 집답게 편히 쉴 수 있
는 숨 쉬는 집이 사람 사는 집이라고 생각한다. 두통이 잦은 날
은 더더욱 간절하다. 그런 쉴 수 있는 공간을 생각하며 연희동에
터를 잡은 게 벌써 13년 전의 일이다.

다락방도 있는 2층집, 나는 아내와 바지런히 소꿉놀이하듯 조금
씩 조금씩 인테리어 공사를 하기 시작했다. 2층은 생활집으로,
밖에서 보면 1층이지만 정원에서 돌계단을 몇 칸 내려가야 하는
지층이기도 한 작업실은 지인의 도움을 얻어 바닥부터 벽, 천장
까지 모두 바꾸었다.

이사 초기에는 예약제 비슷한 형태로 지인들을 초대하여 작업실
과 다락을 24시간 개방했다. 작업실에서 다락은 생활공간을 거
치지 않고 계단으로 연결이 되는 구조다. 음악도 듣고 영화도 보
고 편하게 어울리고 싶었다. 하지만 방문객이 한꺼번에 몰리기
도 하고, 앞 분들이 오래 머무는 바람에 뒷 분들이 들어오지 못하
는 상황이 발생, 이럴 때 어떻게 대처해야 하는지 나에게는 내공
이 부족했다. 즐겁자고 시작한 일이 힘들어지기 시작했다. 결국
얼마 못가 이 이벤트는 중단되고 말았다.

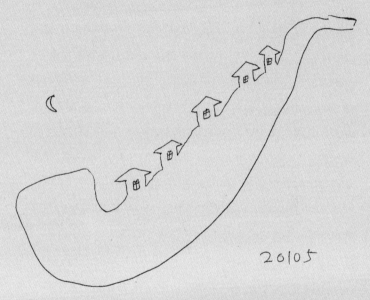

20|05

음치라도 좋소! 아니어도 좋소!
사람 사는 집에 사람 사는 생소리.
어느 누구라도 놀러와서 소리 좀 내주이소~

시골에서 상경하며 늘 품었던 꿈 중 하나가 바로, 나에게 정원이 기적적으로 생긴다면 자랑스런 벗들과 함께 삼겹살과 바비큐로 입난로 안을 듬뿍 태우리라,였는데 정말 뜻밖에도? 아담한 정원 있는 집이 생겼다. 하지만 막상 정원이 생겼는데… 번듯하게 정원에서의 파티는 아직도 뇌 안 상상으로만 진행중이다.

향나무가 원인인지 주변 배수로 때문인지 겨울을 제외한 모든 계절에 모기들이 집단 합숙훈련을 하는 관계로 정원에 앉아 있을 수가 없을 지경이다. 모기의 향연이 장난 아니다. 모기습격침이 얼마나 따가운지 한의원에 침 맞으러 안 가도 될 지경이다. ㅎ 어쨌든 이래저래 벗이 오면 정원을 바로 통과, 반지하의 털보 아지트방으로 직행. 그 안에서 바라보는 정원이 오히려 아늑하고 자연스럽다. 녹색풍경 덕분에 마음이 편안해진다.

기회 되면 정원쪽의 대대적인 변화를 시도하고 싶지만 12년째 베짱이처럼 딩가딩가 생각만 진행형이다.

좁아도
편한 집

20대에는 한적한 시골집이 그리워서 전원 속, 한지 바른 문을 가진 초가집 안에서 낮잠을 자는 꿈을 많이 꿨다. 실제로 외딴 시골집을 보러 다니기도 했다. 개량한복에 빵떡모자를 쓰고 수염으로 덮인 얼굴은 영락없이 50대 외모였다. 어른 복장에 어른 팔자걸음에다가 목소리까지 닝닝해서 모르는 사람들은 깜빡 속을 정도였다.

그러다가 진짜 50대에 이르니 이제는 거꾸로 공기는 좋더라도 시골보다는 병원과 대형슈퍼 및 문화시설이 근접한 도심지 내에서 시골생활 만들기가 훨씬 나에게 맞는 것 같다. 도시이지만 도시같지 않은 이상적인 문화코드가 흐르는 동네.

아무리 크고 으리으리한 집이라도 불편하면 집의 기능이 무산된 곳이라 생각한다. 크든 작든 집은 첫째, 쉴 수 있어야 한다. 수

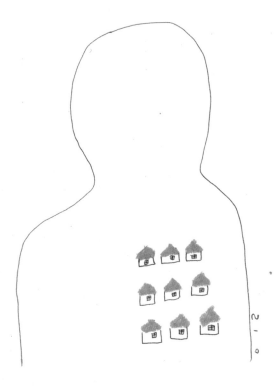

내 마음의 집에는 어떤 집들이 자리잡고 있을까?
빌라, 원룸, 오피스텔, 상가….
가장 중요한 건, 좁아도 편한 집.

많은 공간 중에서 나를 가장 반겨주는 곳인 집은 일단 편해야 한다. 바늘이 찌르듯 수맥이 흐른다거나 잠을 잘 못 이루는 집이라면 심각하게 고민해봐야 한다.

아내와 나는 집을 숭배하려는 최소한의 봉사가 필요하다고 생각한다. 공간이 크면 큰 만큼 청소양도 방대할 터였다. 이래저래 크든 작든 움직여서 때 빼고 광 내야 집 신(神)들에게도 훼방 덜 받고 오래 집을 지탱시킬 수 있다. 잠시 방심하면 이웃들이 찾아오지 않는 폐가가 되는 건 식은 죽 먹기다. "후루룩~ 후루룩~."

아파트가 아닌 단독주택은 생활하며 꾸준하게 집 관리를 해야 한다. 여름 장마기간에는 지붕 기와 사이의 물샘이 있고, 겨울 한파에는 동파의 위험이 있다. 눈이 많이 내리는 날에는 집앞 제설작업도 곧바로 해야 한다. 정원이 있을 경우 끈기 있게 잔디도 관리해주고 잡초도 제거해야 한다. 적당히 거름을 주는 일도 빠뜨릴 수 없다. 단독주택은 보살핌이 절대적으로 필요하다. 물론 무관심하게 방치한다면 예외겠지만.

13년 동안 단독주택 생활을 해보니 좋은 점도 많고 불편한 점도 많다. 어쨌든 주택 생활에는 바지런히 집을 관리해야 하는 애정이 필요하다. 정원이나 집 분위기는 흡사 그 사람의 심성과도 닮아간다.

아주 간혹 집을 손질하다가 이런저런 잔머리 스케치를 그려본다.
지붕 물도 덜 걱정하는 주전자 하우스는 어떨까?

화가의
작업실

보통 화가는 작업실에서만 그림을 그린다고 생각하지만 나는 작
업실보다 일상 생활 공간에서 자주 그림을 그린다.

눈으로 본 사람이나 사물 등을 다시 재가공하여 뇌필터를 통해
사고라는 공간을 통과하고 종이에 그리기까지 상황에 따라 며칠
씩, 아니 그 이상 걸리기도 한다. 늘 아이디어 변비에 고민 아닌
고민을 안고 산다.

사람을 자주 관찰하고 관조하다 보면 만나는 부분이 있다. 보이
는 부분과 보이지 않는 부분 (외형적인 모습+내면적인 모습)이
교차하는 지점은 창작 생활이 주된 나에게는 늘 그림 그리는데
있어 이정표가 되어준다. 가다 쉬고 가다가 하늘 보는.

끝없는 여정들을 그림으로 다 정리하기 어려울 때는 사진으로
순간을 기록한 후 틈틈이 정리를 하는데 가끔 뜻밖의 작품을 낚
는 기회가 생긴다. 물론 하루아침에 나온 결과물은 아니다. 그래

서 나온 모자의 사진이 그림으로 재창조되기도 한다.

채울수록 비우는 작업을 스스로 알아야 하고, 작가라면 자기 작품에 대한 방향의 길을 알면서 가야 헤매지 않는다. 먼 길을 가더라도 작품이 어떤 길을 가고 있는지 스스로 물어볼 때가 있다. 나의 작품은 눈에 보이는 그림이 아니라 내면을 보아야 하기 때문에 주전자를 그리더라도 내부의 생각까지 계산해두고 그리곤 한다. 주전자 안의 물흐름과 빈 공간마저도 미리 생각하고 그리는 것이다.

보이는 그림도 좋지만 나는 보이지 않는 내면그림을 더 좋아한다. 결국 내 그림은 보이는 대상에서 보이지 않는 내면으로 가는 단계를 거친다. 초기의 작업이 사물을 그대로 베껴 그리는 것이었다면 이제는 복잡함보다는 단순하면서도 내면을 투영해서 바라보는 감성의 촉을 지닌 작가로 그림을 그리고 싶다. 마치 음표를 느끼는 작사/작곡가처럼 내면의 심성을 만드는 작업 말이다.

끊임없는 노력이 천재를 만든다는 말을 믿는다.

작가라는 타이틀을 갖는 순간, 메모지와 펜은 반드시 들고 다녀야 한다. 그래야 생각나는 그 순간 기록이 가능하다. 그리하여 '이동작업실'이란 말을 꺼낸 털보.

밖이든 집안이든 메모하고 기록하는데 있어 남의 눈치는 가장

늘 아이디어 변비에 시달리지만
가끔 뜻밖의 작품을 낳게 된다.
이 모자 작품도 그렇다.

위험한 적. 타인의 시선을 꺼두고 오로지 창작을 위한 밑작업을 해야 좋은 아이디어가 떠오른다. 의외로 사람들은 타인에게 관심이 없다. 그러니 의식하지 않고 작업을 하면 된다.

나는 아트작가로 개인전을 하고 작품발표를 하고 출판을 하는데 메모 덕을 어마어마하게 보았다. 앉으나 서나 메모를 하자!

나는야 어설픈 신랑
나는야 엉뚱한 남자
나는야 부적합 사람
나는야 부족한 어른
그래도 숨쉬며 콧구멍 수염키우기 도전을 위해
상상의 힘을 믿으며 메모 기록하는 51세 철없는 인간

(마당 있는 집에서의 삶)

이제 인생 반백 년(새삼스럽지만). 조금씩 자연으로 흙으로의 회귀에 대해 그리움이 싹튼다. 굳이 멀리 여행을 가지 않더라도 주변에서 시멘트 마당을 조금이라도 걷어내고 싶었다. 진짜 흙을 밟으며 살고 싶었다. 나의 선조이며 나의 본 모습이기도 한. 그런 바람을 담아 마음의 정원부터 정성껏 씨앗을 심기로 했다. 야무지게! 아자!!

어릴 때 농업고등학교를 다니면서도 유독 조경 과목을 좋아했다. 나는 나중에 시골에서 살게 되면 집은 단순했으면 좋겠고 마당에 큰 정원을 만들어 장미꽃부터 시작해서 다채로운 계절꽃들을 사계절 내내 봤으면 좋겠다고 생각했다.
그로부터 23년이 지나 마당이 있는 집이 생겼다. 나는 이성보다 감성이 발달한 덕(?)에 일단 심고 싶은 꽃들을 인터넷과 화훼농원에서 수시로 구입하여 심기 시작했다. 썰렁했던 마당이 제법 정원 모양을 갖춰가고 있었는데, 어느 날… 아내의 말에 충격을 받고 말았다.

"꽃들도 다 계획적으로 심어야지, 그렇게 생각나는 대로 심으면 안 돼요."

그러고 보니 대체 장미꽃 옆에 동백꽃이 있고 어린 작약꽃이 어느 순간에 훌쩍 커버려 장미꽃을 덮고 있었다. 그,그렇구나! 좀 더 꼼꼼하게 계획하여 정원을 꾸며야겠구나! 이거 다시 배워야 할 듯.

실내에서 키우든 실외에서 키우든 식물에게는 사람이 주는 인위적인 물보다 하늘에서 내려오는 빗물이 영양수다. 식물에 관심이 없었을 때는 비가 오면 그냥 오나 보다 했는데 식물을 심고 기르며 점점 관심을 쏟기 시작하니 적당량의 비 덕분에 수국이 눈에 띄게 부쩍 커나가는 걸 볼 수 있었다. 종종 적당량의 비가 내리기를 바라며 여름도 기다린다. '적당한 비.' 뭐든지 적당한 게 좋다.

우리집 마당의 아담한 정원을 내다보며 가끔 나만의 정원 머리숲을 지니고 싶을 때가 있다. 나만의 정원, 나만의 머리숲을….

부끄러운 모습 보이기 그래서 살짝~
제 머리숲만 보여줄게요.

마이너스의
손

연희동에는 대부분 집집마다 정원이 있다. 면적은 각기 다르지만 정원이 있고 세월이 짐작되는 무성한 나무들도 제법 자리잡고 있어 사람들은 물론, 새들에게도 좋은 공기를 제공해준다. 직박구리, 참새, 산비둘기, 까치 같은 각종 새들이 찾아오는데, 심지어 까마귀도 등장하고 아주 간혹 송골매까지 목격되는 진풍경도 벌어진다. 사람이 살려면 자연을 보존해야 하듯 지금 이대로 현상유지가 되었으면 하는 바람도 가져본다.

아무리 정원에 관심을 쏟고 사랑을 듬뿍 준다고 해도 단 한번 방심하면 정원은 민감하게 반응한다.

"저절로 자라나는 나무는 없어요!" 라며 저를 더욱 잘 봐달라고 애절한 눈빛으로 말하는 것 같다. 폭염이 지속되는 여름에는 함부로 여행도 못간다. 나무 때문에 식물 때문에, 그리고 토토 깜비 밤비 때문에 나는 여행을 갈 수가 없다! 아히힝~.

사람이나 동물이나 살아 있는 모든 것에는 생기가 있고 혼이 담겨 있다. 소홀히 해서는 안 된다. 하지만 내 몸이 피곤하다거나 잠시 한눈 팔면 키우고 있는 꽃과 식물들이 시들시들해지고 금세 벌레먹는 잎이 늘어난다. 심어만 놓으면 산다는 무궁화마저 화끈하게 보내버린, 어마어마한 사건을 저지른 털보다. 아이궁~ 미안하다.

제대로 하는 것 없이 손 색깔만 농부다. 내 손은 농작물에 닿기만 하면 생명이 다하는 마이너스 손인가. 모두들 신음을 전폐하며 며칠도 못가 나에게 복수라도 하듯 묵념하며 바이~한다. 아주 쿨하게.

아핫, 과연 내가 농업고등학교 출신이 맞는가? 스스로 놀랄 때가 한두 번이 아니다. 언제쯤이면 농작물의 제대로 된 생리를 이해할 수 있을까? 미안하다. 오이, 딸기, 가지, 당근들아.

뭐든지 초짜는 서툴고 겁나기 마련이다. 모르면 용감하다, 모르면 무식하다는 말도 있는데 나는 AB형답게 양쪽 다 해당되는 듯하다. 산만하지만 워낙 탐구의욕이 많아 오이, 감자, 고추, 당근, 피망, 파슬리, 미나리, 쑥갓 등을 왕성하게 심었으나 역시나 싱싱하게 수확하지 못하고 시들시들한 야채들만 목격했다.

그래도 초보 정원사의 일기장에 포기란 없다. 그저 묵묵하게 앞으로 전진할 뿐!

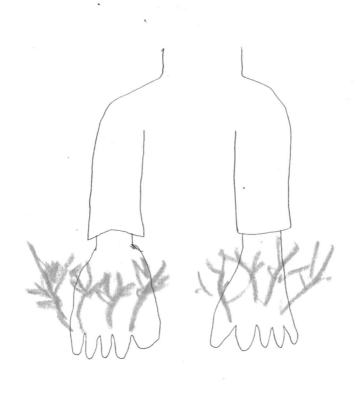

제대로 하는 것 없이 손 색깔만 농부다.
언제쯤이면 농작물의 제대로 된 생리를 이해할 수 있을까?
미안하다. 오이, 딸기, 가지, 당근들아.

무공해 야채에 한번 도전해보자는 걸 미루기를 1년 또 1년. 지난해 3월에는 더 이상 안 되겠다 싶어 샐러리를 심어봤다. 워낙에 마이너스 손인지라 크게 기대하지 않았다. 사람이 주는 물 반, 자연이 주는 빗물 반. 오히려 기대했던 식물이 빨리 죽고 기대 이하였던 식물이 땅 밑에서 꿈틀꿈틀 살아날 때가 있다는 걸 경험으로 또 알게 되었다.

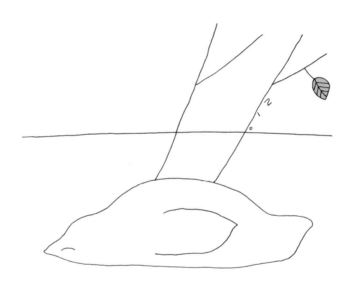

우리가 보고 있는 자연은 땅 위의 모습일 뿐.
땅 아래에서는 우리가 모르는 많은 현상들이 벌어지고 있다.
이것이 자연의 순리임을….

(능소화가 한창인
계절)

우리집의 명물, 능소화는 당당한 자태로 손님맞이를 하는 아주
예쁜 꽃이다. 이 능소화 나무는 털보가 이사 오기 이전에 이미
전 주인마나님이 심어놓은 것으로, 족히 40년은 훌쩍 넘었다.
봄을 알리는 개나리, 넝쿨장미 안젤라, 수국, 백합 등이 한참 피
고 질 무렵, 한여름 우리집 정원을 수놓아주는 능소화. 은근히
화려하면서도 의외로 꽃이 만발하는 7월 장마비만 오면 뭐가 그
리 부끄러운지 한순간에 마당과 딥키스를 하며 주홍 피물감을
흘리며 장렬히 전사한다. 아쉽지만 그것이 능소화 그대의 임무
이므로 만족한다.
언뜻 보면 호박꽃같이 흔하기도 하다. 그랬던 능소화가 8월이 지
나고 가을이 지나 겨울이 다가오면 성난 가시처럼 여기저기 뼈
만 남은 앙상한 가지를 보여 정말 한여름밤에 내가 보던 그 무성
했던 능소화 넝쿨이 맞나 하는 생각도 든다.

다시 찾지 않는 임금을 기다리며
담장을 서성이던 세월을 보낸 궁녀 '소화.'
"담벼락에 묻혀 내일이라도 오실 임금님을 기다리겠다"는
애절한 유언을 남기고 쓸쓸히 세상을 떠난 후
담장을 덮어 피어난 주홍빛 넝쿨 꽃이 바로 능소화다.
능소화가 피면 장마가 온다는 이야기가 있다. 그녀의 눈물일지도.

모든 식물들이 열 번 잘 해주었다가도 한 번 방심하면 관심을 기울여달라는 반응을 보인다. 잠깐 시골에 다녀오면 잡풀이 무성성은 기본, 여름 장마비 내리는 계절에 향나무에서 잠시 관심을 놓으면 엄청난 사태가 벌어지고 만다. 잠자다가 금방 일어난 뿌시시 삐쭉머리처럼 향나무도 뿌시시하게 여기저기 뻗어나가기 시작한다.

방심하면 이렇게 되는구나, 하는 자연의 순리를 새삼 깨닫는다.

방심하면

사람도 식물도 자칫 방심하면 모습을 달리한다.
세월의 흔적일 수도, 시간의 선물일 수도 있지만
사랑을 듬뿍듬뿍 요구하는 눈치를 모른 체할 수는 없다.

(장미 키우기)

인터넷에서 유명한 화훼가게를 알게 되어 분홍톤 장미와 넝쿨장미 안젤라를 주문했다. 비성수기일 경우 보통 3일이면 택배로 받을 수 있다. 여기서 알고 넘어가야 할 것.

정말 건강한 장미를 키우고 싶다면 발품을 팔아서 현지에 가서 직접 구입하는 걸 추천하고 싶다. 인터넷에서 여러 번 꼼꼼하게 장미의 건강상태를 본다 해도 결국 한계가 있다. 가시있는 장미 중 울타리과인 줄장미나 안젤라는 더욱 민감한 종이라 택배로 온 순간 몇몇은 이미 부러져 있기 일쑤였다. 구부려진 채 비닐에 포장·운반되어 하루 지나고 이틀 지나 운송되면 가지가 부러져 있거나 꽃이 부러져서 오는 경우도 왕왕 있다. (심지어 더운 여름날에는 썩어가는 걸 볼 수도 있다)

그러므로 종로5가와 6가 꽃나무시장이나 양재, 과천 꽃시장 또는 동네 꽃가게에서 직접 살펴보고 구입하는 것이 가장 좋다. 꽃

사랑은 달콤새콤함과
그 뒤에 오는 아픔의 부작용마저
아름다운 날공부

이 많이 피어 있다든가 꽃잎 상태가 시들하거나 변색된 상태라면 구입하지 않는 게 좋다. 처음에는 무턱대고 꽃이 많이 핀 장미를 샀는데, 일찍 많이 핀 만큼 내 집 정원에서는 일찍 져버렸다. 그리고 꽃이 시들할 때쯤 과감히 전지를 해줘야 또 다음번에 풍성하게 꽃구경을 할 수 있다.

보통 5월부터 11월까지 전지나 병충해에 신경을 써줘야 겨울이 오기 전에 여러 번 장미를 볼 수 있다. 줄장미의 경우 병충해를 막고 다음해에 더 튼튼한 장미꽃을 보고 싶다면 기르고자 하는 확실한 줄기만 살려주고 잔가지는 정리하는 게 좋다.

참, 장미는 심은 그해 겨울을 잘 보내야 면역이 생겨 다음해에도 잘 산다. 심은 첫해에는 겨울 동안 뿌리 근처에 (뿌리에 직접은 안 된다) 적당히 거름을 주고, 뿌리 동해방지 차원에서 톱밥이나 왕겨 또는 흙 등을 덮어주면 좋다. 꽃나무가 잘 살게 하려면 끊임없이 관심의 눈길과 손길을 줘야 한다.

수국은 물먹는 하마

아주 어린 수국을 화원에서 데려올 때부터 "빨리 자라서 나에게 어떤 색깔 꽃인지 보여줘 보여줘!" 하며 졸랐다.

그런데 이런 성급함은 나무 키우는데 절대 도움이 안 된다. 느긋한 마음과 정성이 필요하다. 당연한 말이지만 그냥 화분에 심는다고 다 잘 자라는 게 아니다. 화분에 심을 때에는 맨 밑바닥에 망을 깔고 마사토를 약간 넣고 거름 좀 넣어주고 그 위에 흙을 살짝 넣고 뿌리를 가지런히 정리해준 후 (이때 뿌리흙을 다 털면 안 된다) 나머지 흙을 채워야 한다. 화분 크기는 수국꽃 크기에 딱 맞으면 안 되고 차후 엄청 수국꽃이 커지고 많이 필 수 있도록 여유 있는 화분을 마련하는 게 좋다. 경험담이다.

어쨌든 우물에서 숭늉 찾는 심정으로 키우다가는 예쁘고 건강한 수국꽃을 보기 힘들다. 수국은 물먹는 하마다. 물을 매일 주다시피 해야 하며 빗물이냐 수돗물이냐 그리고 토양에 따라 꽃색깔이 핑크냐 청색이냐 판가름나므로 주의가 필요하다. 천천히 내 몸, 내 건강 살피듯 세세하게 신경을 써야 한다.

꽃을 기르거나 반려견을 키운다면 장기간의 여행계획은 당분간 접어야 할 것이다.

누군가의 정성은 식물을 꽃 피우는 스위치.
스위치를 올려주어 꽃이 더 활짝 필 수 있다면….

(사사삭 사그락)
댓잎소리 …

"사악사아악 사아악~!"

도심지 한복판에서 대나무와 댓잎 부딪치는 소리를 라이브로 듣게 될 줄 몰랐다. 정말이지 행복이 따로 없다. 굳이 커피 한잔, 녹차 한잔을 마시지 않더라도 마음으로 대나무소리 한잔을 매일 한잔씩 귀로 눈으로 코로 복용하니 잔잔하게 힐링이 된다.

사실, 10년 전쯤 옆집 마당에서 우리집 담 너머로 조그마한 대나무가 한두 그루씩 잎사귀가 슬금슬금 넘어오기 시작했다. 처음에는 옆집 몰래 잘라버릴까, 마음속에서 가위로 싹둑싹둑 잘라냈었다. 털보도 소심한 인간인지라.

정말 안 하기를 잘했다. 큰일 날 뻔했다. 요즘 와서 새삼스레 더 대나무에게 미안한 마음이 들면서 은근슬쩍 감사의 기도를 함께 전한다.^^

아픔은 나를 더욱 성숙하게 해주고
기쁨은 나를 더욱 안정되게 해주고
실망은 나를 더욱 발전하게 해주고
슬픔은 나를 더욱 생각하게 해주고
사랑은 나를 더욱 성장하게 해주고

(한 가지에
미치기 쉬운 기질)

딱! 인해전술이다. 그 말이 정답이다. 정원은 하루하루 애지중지
돌봐주다가도 한순간 손을 놓으면 떼거지로 공격해오는 인해전
술 습성이 있는 것 같다.

다행인 건 내 나이 아직 환갑이 한참 멀다 보니 ㅎㅎ 정원과 얼마
든지 상대해줄 수 있는 메가톤급 체력이 있다는 점이다.

나는 늘 정원 덕분에 운동을 열심히 한다. 적당히 근력운동도 할
겸 매일 정원 이곳저곳의 아이들이 잘 계시는지 염탐을 한다. 그
러지 않으면 밤사이 안녕 못하고 뭐가 그리 바쁜지 운명을 달리
하려고 폼잡는 아이들이 속출한다. 특히 베고니아는 내가 키운
꽃 중 제일 많이 장례식을 치룬 꽃이다.

초기에는 그저 평범한 관심이었는데 하루 이틀 한 해 두 해 거듭
해오며 이제는 취미생활을 넘어 식물 매니아 고지에 이르렀다.
아뿔싸! 나는 그제서야 후회했다.

이 패턴은 과거 오디오 매니아 증상과 유사했다. 그때도 그냥 라디오 스피커 듣는 귀나 갖자고 시작한 것이 어느새 세운상가, 남대문, 용산, 인터넷 오디오 매니아들이 찾는 카페, 사이트, 블로그를 넘나들고 있었다. 이내 명품 스피커와 명품 오디오를 손에 넣고 싶어서 눈에 도끼날을 세우게 되었고, 회사를 다니는 이유가 순전히 '오디오 관련기기를 구입하기 위해서'로 바뀌고 있었다. 오디오 때문에 손꼽아 월급날을 기다릴 정도였으니, 참 그게 뭐라고.

나라는 사람은 자제하려고 노력하다가 한 번 중독선을 넘으면 끝을 보려고 덤벼드는 습성이 있다. 헛헛^^::

그래서 정원관련 전문 국내도서 뿐만 아니라 일본에 이어 유럽 및 북유럽국가의 정원관련 도서까지 구입해가며 눈을 높였다. 그러다 보니 슬슬 나만의 정원 스케치가 보이고 이내 집마당을 여기저기 두더쥐처럼 파내며 일을 꾸미기 시작했다. 아내가 또 한마디했다.

"어이구, 동서양 꽃을 순서대로 심어야지 그렇게 심으면 어쩌냐고~."

그러고 보니 순서나 체계가 없는 꽃동선인 것 같기도 하다. 내 그림이 그런 것처럼 마당 정원도 구체적인 순서가 없다. 애초에 내 머릿속엔 이론적인 설계도가 희미했다. 나는 이성보다 감성이 너무 발달해서 그 느낌으로 일을 진행하곤 한다. 어설픔이 곳곳에서 지뢰처럼 터질 수는 있지만 그래도 나는 나의 뇌감성을 존중한다.

이런저런 꽃 중에 장미도 인터넷으로 이론적으로만 보다가 실제로 키우면서 알게 된 건, 바람이 잘 통하며 햇볕이 적당히 드는 곳에 심을 것, 꽃과 잎 사이가 너무 다닥다닥 붙지 않게 정리해줄 것, 또 흰곰팡이와 진드기 등이 생기는 즉시 제거하지 않으면 꽃도 건강하지 못하다는 것, 꽃화훼단지 또는 인터넷 농원에서 안심하고 구입한 꽃이라도 최소 4년은 키워야 장미꽃이 자리 잡는다는 것 등이었다. 그렇지 않으면 환경변화 또는 정성 및 지식 부족으로 꽃도 못 보고 뿌리채 뽑아내야 하는 대형사건을 체험해야 한다. 내가 직접 경험한 일들이다.

오디오에 미쳤던 시절이 있었고
정원 가꾸기에 미쳤던 시절도 있었다.
그림은 계속 미쳐 있을 수 있어서 행복한 인생.

(포도는 내손으로)
키워서 먹기

사람의 욕심이 때로는 긍정적인 영향을 미칠 때가 있다. 티비에서 포도를 직접 수확해서 먹는 사람들을 본 후 나는 또 그날부터 포도수확을 하는 상상을 하기 시작했다. 계속 포도에 미련이 생겨서 아내와 얘기를 해보았다. 의외로 아내는 "그렇찮아도 예전부터 집 뒤쪽 담장 아래에 생각하고 있었다"고 했다. 헛! 한 발 늦었지만 기대 이상의 반응이 돌아와서 무척 기뻤다.

그럼 시멘트로 꽉 채워진 뒷쪽 담을 어떻게 할 건지 진지하게 물어보았다. 아내는 의외로 간단하게 말한다.

"시멘트를 파고 그 안에 심으면 되지!"

오홋! 혁신적인 생각! 그렇게 하여 몇 년째 한여름이 되면 다른 과일은 사러가슈퍼에서 구입하더라도 포도만큼은 자연산으로 맛있게 폭풍흡입하고 있다. 이제 해마다 포도송이가 익어가는 모습을 보며 수확할 날을 기대하고 있다.

털보화가의 집은 대도시의 복잡한 연희동 언덕에 있다. 시내 곳 곳 시멘트로 도배된 인위적인 땅에도 아이디어를 잘 내보면 여름날에 맛볼 수 있는 자연포도를 키울 수 있다. 단독주택이든 빌라나 아파트에서도 튼실한 포도를 수확할 수 있다. 크게 어렵지 않다.

살고 있는 집 베란다도 좋다. 환기가 잘 되고 햇볕이 드는 공간을 확보할 수 있으면 된다. 그런 다음 큰 화분을 마련해서 빈 공간에 흙을 넣어주면 된다. 비료를 약간 넣어주면 더 좋고 포도농장에서 재배하는 T자형 포도수형이나 원형의 포도수형 등 형편에 맞게 어린 포도나무를 구입하면 된다. 이때 인터넷에서 구입하는 것보다 직접 화훼단지나 농장에 가서 발품 팔면서 공부를 해야 후회가 적다.

포도나무의 가격은 3~5만원대를 생각하면 되고, 년수는 5년 미만이면 좋다. 또한 심을 때 포도나무 수형의 방향을 생각해야 한다. 몇 년 지나면 엄청 덩굴이 퍼지고 포도가 달렸을 때 무게를 유지해주려면 어린 포도나무라 할지라도 지주대를 몇 군데 잘만들어주어야 한다. 그리고 또 하나. 자랄 때 불필요한 어린 순은 과감히 잘라주는 것이 좋다. 포도알이 주렁주렁 많이 달렸다고 좋아하지 말고 알솎이, 즉 따서 버려야 포도알이 더 튼실해진다. 초보농사꾼은 끊임없이 공부하고 관심을 가져야 한다.

작지만 나름 야채를 (집밖이 아닌) 집안에서 해결하여 먹을 수 없을까 3초간 슬쩍 고민하다가 만만한 피망을 한번 심어보기로 했다. 종종 사러가마트에서 구입해서 먹었지만 농사지어 먹으려는 건 처음 도전.

치밀하게 계획을 짜서 움직이는 성격이 아닌 관계로, 씨앗부터 시작하지 않고 안전하게 화훼농장에서 모종을 구입해왔다. 씨앗 심기 두려운 초보자라면 가급적 모종을 구입하는 게 편하고 쉽다. 나중에 쑥쑥 커질 것을 생각해서 여유공간을 많이 두는 게 좋다.

피망은 영양분과 배수(물빠짐과 물주기 정도)에 신경을 많이 써야 한다. 피망은 커지면 바람불 경우 부러질 수도 있으니 미리 조금 큰 지주대를 설치해주는 게 좋다. 물론 피망줄기 사이에 줄 묶음도 해주어야 한다.

어쩌다가 피망이 심은 주인의 얼굴을 닮아갈지도 모른다는 생각을 해보았다. 피망아! 절대 나를 닮지 말기다. 인기 없어진다.

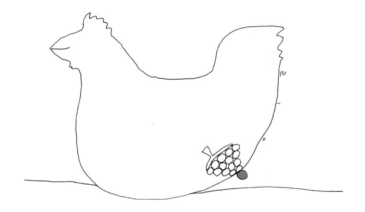

누군가에게는 쉽게 보이는 결실이지만
당사자에게는 인고의 결과물.

(향기로 유혹하는)
백합

혹독한 겨울 나그네가 지나간 자리에 수줍은 봄이 오면, 곧이어 5월의 장미계절을 맞는 초여름이 코앞이다. 이때 제각기 다른 꽃들의 향연이 펼쳐진다. 퍼레이드는 릴레이로 축제하듯 진행되는데 장기간 뽐내며 서로서로 눈길을 사로잡기 위해 경쟁하는 듯하다. 그야말로 거대한 꽃시장이 펼쳐진다.

화려한 꽃들이 지나고 나면 슬금슬금 콩나물 자라듯 조용히 땅 밑에서 자라나고 있는 게 있다. 바로 백합이다. 6월의 백합 색깔도 최근에는 개량종이 많아 분홍톤, 흰톤, 주홍톤, 빨강톤 등 다양하고 이쁘다. 각자 취향에 맞게 구입하면 된다. 구근(뿌리알) 형태로, 향기가 무척 좋다는 게 특징이다.

백합은 화분이든 노지든 올라오는 속도에 비해 꽃 피우는 기간은 매우 짧다. 아쉽지만 이것이 백합의 운명인 것을…

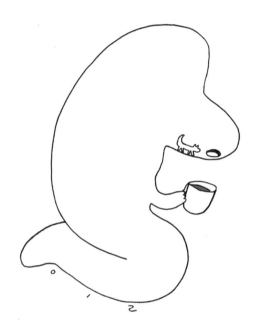

"멍멍" "멍멍"
나도 한입 먹고 싶어, 라고 말하는 듯.
커피향기도 진하니
아재개그가 생각나는 여름밤.

(아내를 위한)
요리

무종교인 털보는 중학교때 친구의 권유로 순복음교회에 나간 적이 있다. 첫날 가자마자 성가대에 끼어 찬송가를 부르는 영광까지 누렸다. 하지만 찬송가를 부르다가 뒤에 서 있던 친구가 실수로 책을 떨어뜨리면서 모서리가 그만 내 돌쇠같은 머리에 47도가량 부딪쳤다. 너무 아픈 나머지 나는 (사춘기였던 탓도 있었을 거다) 그 친구에게 "많이 아프니까 빨리 미안하다고 사과하라"고 말했다. 하지만 그 친구는 사과를 하지 않았고, 나는 약이 올라서 교회고 뭐고 확 나와버렸다. "이웃을 사랑하라"라는 찬송가 구절이 들려오니 머리가 더 아파왔다. 이성은 온데간데 없고 분노가 들끓었다.

지금 생각해보면 그 친구도 일부러 성경책을 떨어뜨린 게 아닐 텐데 내가 '욱'한 것 같다. 시간이 지나 보니 별일 아니었다고 생각되지만 그때는 큰일이었고 속상한 일이었다. 지금은 예전보다 화내는 횟수도 많이 감소했다. (남성호르몬이 줄어들었나^^;;)

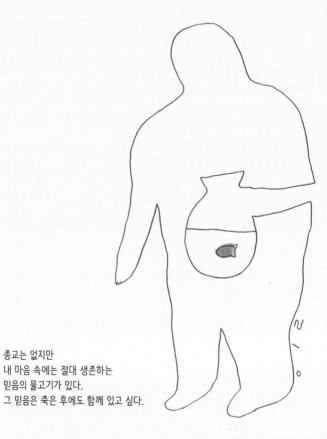

종교는 없지만
내 마음 속에는 절대 생존하는
믿음의 물고기가 있다.
그 믿음은 죽은 후에도 함께 있고 싶다.

호기심이 강한 나는 언젠가 나와 아내의 미래가 궁금해서 슬쩍 점을 보러 갔다. "지금 함께 있는 아내를 정성껏 모시고 아내가 가는 대로 '쭈우욱~' 따라가라"는 말이 돌아왔다.

다 믿지는 않지만 어쨌든, 함께 울고 웃고 살아온 동반자로서 그녀에게 큰 도움이 못되는 그릇이지만 내가 할 수 있는 머슴 노릇을 열심히 할 생각이다. 내가 가장 잘하는 것으로, 불교에서 말하는 공양·봉양하듯 그런 마음으로 모셔야겠다.

티비를 틀면 요리 봐도 조리 봐도 요리가 대세.

갑자기 아내 몰래 일구식 고등어찜을 만들어보기로 했다. 먼저 고등어 내부를 깨끗히 손질해서 씻고 무를 "슝슝" 썰어 큰 냄비에 넣는다. 비린내 제거 겸 생강도 빻아서 적당히 넣는다. 물도 넣고 간장과 진짜 단맛나는 외제설탕(무지 비싸다)을 살짝 넣어 가스중간불로 끓인다. 몇십 분 지나 보글보글 익는 소리가 들리면 침이 꼴까닥 넘어간다. 어느 정도 다 되기 직전에 슬쩍 맛을 본다.

워낙 코막힘이 심한 나는 후각도 떨어진 데다가 맛감각마저 실격이라 감으로 만들 수밖에 없다. 조심스레 고등어찜을 들고 아내 앞에 공개를 할 시간이다. 긴장감 수백 배… 으힉^^;;;

아내를 위해 아내 몰래
한번씩 만들어보는 일구식 고등어찜.
코막힘도 심하고 후각도 떨어진다는 건 함정.

화가의 집

그림의

(아내 마중, 아내 배웅)

우리는 동거부터 시작했고 아직도 정식결혼식은 일부러? 하지 않았다. (혼인신고는 뒤늦게 2010년에 구청에 등록했다) 물론 양쪽 집안에 정식인사도 당연히 못하고? 안 하고??

그런데 우리부부만 그런 게 아니다. 우리 강씨 집안의 가계도를 보면 삼촌도 그렇고 고모도 그렇다. (다행이다! 공범이 있어서) 결혼식은 안 올렸지만 함께 살고 있는 형식이 나와 비슷하다.

넌 왜 그러고 사느냐, 하는 얘기를 한동안 많이 들었지만 나는 다! 내 팔자라고 생각한다. 흔들리지 않고 행복하게 지금 이 상황을 받아들이는 긍정수행자 자세로 열심히 살아갈 뿐.

동거 초기에는 서로가 힘들어 눈으로 마음으로 많은 눈물을 흘렸다. 정들만 하면 붕어가 비자관계로 일본에 갔다와야 했고, 난 그저 공항에 마중가거나 집에서 음식을 준비하는 등 아주 작은 규모의 도움밖에 줄 수 없어 많이 미안했다.

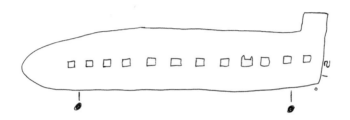

늘 만나면서도 늘 헤어져 사는 우리 부부.
당신이 있는 그곳에 내가 있고
당신이 가는 그곳에 또 내가 있고.

이제는 한국에 산 지 20년이 훨씬 넘었고 영주권도 획득했다. 큰 걱정인 서류도 해결했는데 아내 눈에는 언제부터인가 고향을 그리워하는 빛이 가득하다. 아~! 이제까지 생고생만 시켜 미안한데 내가 도와줄 부분이 점점 다가오고 있는 것 같다.

아내와 함께 산 지 벌써 23년. 우리는 일년에 여러 번 공식적으로 마중하고 배웅하는 걸 밥먹듯 국먹듯 한다. 공항으로 모셔다드리고 모셔오는 일이 이제 제법 단련되었다. 우리는 뜻하지 않게 월말 부부로 살고 있다.

아내가 없는 기간에는 내멋대로 내 스타일로 요리하며 밥 지으며 즐겁게 지낸다. 아내가 워낙 육류를 금식하니 나는 고기가 먹고 싶어 환장할 때가 많다. 혼자 남겨져 있을 때가 바로 기회다. 이때 나는 보쌈이나 찐 닭을 먹으며 영양섭취를 한다. 고기 씹는 맛도 좋고 에너지 활력에도 도움이 되는 즐거운 식생활.

어찌 보면 아내를 못 만났으면 나는 지금도 혼밥 먹으며 그림 그린다고 여기저기 노총각+홀애비 냄새 풍기며 기웃거리며 살고 있을지도 모른다. 은둔자로 살아가다가 몇 번의 죽음고개를 넘어 이 세상 사람이 아닐 수도 있었다. 초등학교 4학년때는 물에 빠져 사후세계에 잠시 갔다왔고, 군대에서는 전기에 감전된 적도 있었으며, 몇 달 전에는 거실에서 토토가 플러그에 몰래 오줌 눈 걸 모르고 전기선을 꽂다가 감전될 뻔도 했다. 나는 이런 위험한 일을 많이 겪고도 여전히 건강하게 살고 있다. 아내 덕분인 것 같다.

행복하게 더 오래 살고, 하던 일 마저 더 하고 오라는 하늘의 계시로 각인하며 평생 살아갈 생각이다. 아내와 옥신각신 싸우더라도 잘 모셔야 한다.

늘 만나면서도 늘 헤어져 사는 우리 부부. 다른 부부들의 사정도 비슷비슷하거나 조금씩 다르겠지만 다 하루하루 희노애락을 통해 늘 배우며 즐기며 사는 것이 인생공부라 생각한다.

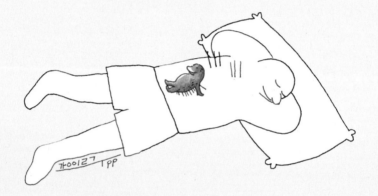

아파? 여기 아파? 아님 왼쪽? 오른쪽?
내가 아픈 구석을 "콕콕" 찍어 맞춰주는
너는야~ 내 그림자 내 사람

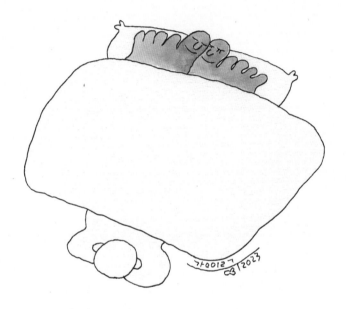

모락모락~ 발꼬랑 내음새가 퍼져도
열 발가락 단합의 가족 힘은 참 좋다.
그곳이 슬퍼도 기뻐도 함께 하니…

(나의 일상은)
그림

그리다 보면 자연히 나오겠지 싶지만 절대 그렇지 않다. 농사일이 노력한 만큼 수확이 나오듯 그림도 그렇다. 늘 그리고 생각하고 고민즙 끝에 뇌에서 추출된 결과물이 종이에 스며나올 때면 저절로 탄성이 터진다. 그래, 고통스러울 때도 있지만 이런 맛에 그리고 또 그리는구나!

나는 외적으로는 대범한 성격의 소유자인 듯 보이지만 사실 내면에서는 민감한 감정의 물결이 출렁출렁 흔들거리고 있다. 그런 외적 내적 성향을 골고루 지니고 있다는 건 그림 그리기에 상당히 유리한 조건이다. 눈을 감고 내면을 살피고 있을 때에도 눈을 뜨고 있을 때에도 나는 생각하고 또 생각한다. 생각하는 나의 뇌에 늘 사고의 환풍기가 돌게 만들고 싶다.

꾸준히 그려주는 것만이 화가의 손이다. 오늘도 부끄럽지 않은 내 손이 되기를 마음에 새겨넣는다.

"대체 그림은 언제 그리냐?"

"생각하고… 또 생각하고…
그리고 또 생각하며 돌아다니다가…
아무 때나 그립니다!"

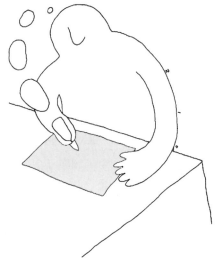

생각하고 또 생각하고… 작품의 80%는 사고에서 나온다. 나의 작업실은 이동작업실이다. 우리집 생활공간 아래층에 있는 실제 '작업실'에서 먹고 자고 움직이고 딴짓?할 때에는 풀리지 않았던 생각들이 돌아다니며 움직일 때 풀린다. "대체 그림은 언제 그리냐?"라고 할 정도로 나는 작업실에 붙어 있는 시간이 적다. 나는 그리기 전에 생각하는 시간이 길다. 아마 전생을 얘기한다면 한때 철학자이지 않았을까 싶을 정도이다. 나는 생각한다. 고로 존재한다,의 소크라테스 말처럼 말이다.

그림생활이 거의 전부인 내 일상. 내 몸에는 항상 "욱씬욱씬" 눈에 보이지 않는 아픔과 통증이 덕지덕지 붙어 있다. 하루 온종일 생각하고 상상을 하다 보면 허리, 등 뿐 아니라 머리에도 간혹 신호가 온다. 고슴도치가 내 아픈 곳에 와서 침을 놓고 가주면 얼마나 좋을까, 하는 실현불가능한 생각도 해본다. 아마도 지속적인 통증은 직업병일 것이다. 꾸준한 건강관리가 필요하다고 내 몸에서 신호를 보내고 있는데 잘 못 지켜줘서 걱정이다.

일상생활에서 소재와 주제를 찾아야겠다는 의식보다는 마음이 인도하는 방법으로 작업이 진행되다 보니 내 그림은 체계적이지가 않다. 그렇지만 나에게는 이 방식이 맞는 것 같다. 감성의 눈으로 보는 작업.

완벽한 지점보다는 불완전하면서도 결핍된 지점에서 창작선이

직업상
늘 타는 생각의 줄입니다만
오늘도 광대의 속은 줄을 못타고 속만 타고 있습니다.
"부글부글"

출발하고, 작품은 퍼즐 맞추듯 정답을 찾아간다.

복잡하게 채우는 방법보다는 여백을 살리면서도 결핍된 무언가를 "뭉클"하게 마음과 함께 담아 오늘도 나의 노란물감은 온몸 안에서 출렁거린다.

작품을 그리다 보면 어떤 화가는 복잡하게 그리다가 단순하게 그리는 화풍으로 변해가고, 또 어떤 분은 단순하게 그리다가 복잡하게 그리기도 하는데 나는 전자에 해당한다.

그리다 몇 년 지나 뒤돌아보면 많은 컬러가 생략되고 선 또한 많이 축소됨을 우연하게 알게 된다. 일부러 하는 건 아니지만 작가의 사고나 환경 등 크고 작은 외부변화나 마음 영향결에 따라 그림이 단순나이테로 만들어지는 것이라 생각된다. 뭐, 어쩌면 무지 잘된 일이라 여긴다.

내 작품에는 유독 관조하는 그림이 많다. 자연도 상당수 있고 남녀얘기도 있다.

어느 날, 인사동 갤러리에서 남녀그림이 담긴 작품을 보고 외국 여성이 소스라칠 정도로 놀랍고 흥분된 눈으로 나에게 말했다.

"오우! 이 놀라운 작품~ 정말 훌륭합니다. 어떻게 남녀이야기가 이렇게 유머스럽게 표현될 수 있나요?"

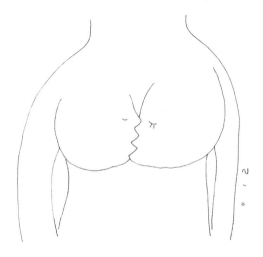

"오우! 이 놀라운 작품~ 정말 훌륭합니다.
어떻게 남녀이야기가 이렇게 유머스럽게 표현될 수 있나요?"

– 인사동 갤러리에서 만난 외국여성의 감탄사

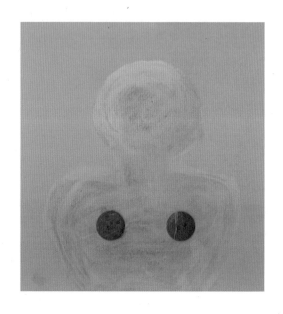

잔잔한 호수, 그러나 그 내면에는 무언가 움직이는

시선
맞추기

그림을 배운다,라고 말하기에는 그렇고 그림을 생각한다,라고 표현하는 것이 맞을 것 같다. 내 그림의 출발점, 선을 그렇게 긋기 시작했다.

그리기 전에 보고 또 보고 생각하고 그런 이색적인 버릇이 내 그림에 막대한 영향을 주었다. 주변에서 흔히 볼 수 있는 나무, 집, 자전거, 새 등 소박하면서 정겨운 소재들을 단순한 내면의 눈으로 다시 보고 그리기에 몰두했다. 보이는 것보다 보이지 않는 내면을 파악하고 그리는 게 때로는 고뇌가 썩어 뇌두통까지 몰고 오지만 그 묘한 아픔이 지나간 쓰라린 과정마저 숭고하다. 보고 있어도 그립고, 낯설음 안에서 낯익음을 보고 싶다.

내 그림에는 누구나 그리워하는 고향과 같은 향수가 있다. 단순한 선 안에 가족이 깃들어 있고 친구가 함께하며 나그네길도 보이는 인연이 아지랭이처럼 손짓한다. 어렵지 않고 만만한 그림.

몸은 50대이지만 마음은 순수한 10대 어린아이의 그림.^^. 그래서 그런지 내 그림을 보시는 분들은 한결같이 공통적으로 이런 얘기들을 한다.

"참, 그림들이 편안하고 좋아요."

나는 내가 누구인지 아직도 잘 모른다. 주변 사람들이 내 성격을 객관적으로 보거나 읽는다 해도 그건 그 사람이 본 거울의 앞부분일 뿐이다. 내가 누구인지에 대해 거울 앞뒷면을 관심 있게 살펴보다가 뜻밖에 나 자신에 대해 알면 알수록 마음이 편해진다는 걸 깨닫게 되었다. 나를 밀어낼수록 내 안의 나는 더 강하게 반항선을 만들고 있었다. 그냥 그저 흐름대로 나를 제대로 관조하되 역류하지 말고 순리대로 가면 된다. 순리대로~~.

살아 있고 숨 쉰다는 것.
먹고 자고 마시는 행위도 즐겁지만 화가는 거기에 또 하나 메뉴를 추가한다. 그런다는 것.
늘 어디를 가든, 의식과 무의식 사이, 뇌 안의 작업실은 활발하게 세포군단들이 움직여 생기 있는 작업물들이 나오기도 하고 막히기도 한다.

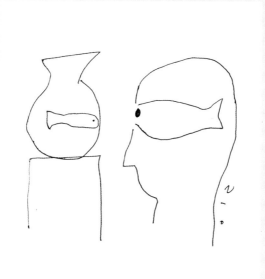

화가 강일구의 오늘 그림일기
같은 마음 같은 시선

사람들은 말한다. "그림 그려 생계가 되냐?"고.

"그림 그려서 장가는 가겠냐!"

"차라리 딴 길 가는 게 어때?"

거침없는 팩트가 현실로 발 앞에 쏟아진다. 작가가 되고 싶다면 시작할 때부터 새겨들어야 할 말이기도 하다. 틀린 말은 아니다. 정말 그림으로 돈을 벌려면 돈을 벌 수 있는 장르로 가야 하는 게 맞고 그렇지 않으면 출발하는 순간부터 돈과 거리를 두고 정말 좋아하는 그림을 그려야 한다. 그래야 나중에라도 자신에게 돌을 던지는 미련한 후회를 덜할 테니 말이다.

내 그림은 애초에 인기와 부, 명예를 목표로 시작하지 않았고, 나는 원하는 그림의 작가산을 향해 묵묵히 걸어가고 있을 뿐이다.

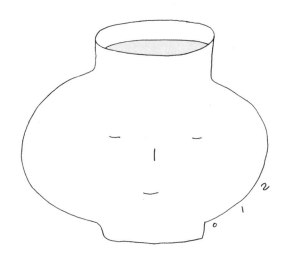

생기 있는 항아리처럼 나도
사는 동안 하루하루 생기있게 일을 열심히 벌여야겠다.
하고 싶은 거 못하고 미련 갖고 저 세상 갈 때 후회하지 말고
지금 이 자리에서 시작하자.
이제는 눈에 보이는 각도 180도가 현실이다.

(신문 인터뷰와 방송출연)

2000년대 초반이니 내 나이 30대 중반일 때의 일이다. 약속도 하지 않고 신문사를 찾아갔다. 누구 하나 반겨주는? 기자 없는 건 당연한 일. 운 좋게 기자와 통화하고 가도 50% 이상은 마감, 또는 바쁜 스케줄로 직접 만나기는 참으로 하늘에 별따기였다. 그래서 생각한 것이 무대뽀로 쳐들어가는 방법. 광화문 조선일보 사옥 옆건물에 있는 스포츠조선에 찾아갔다. 지금은 기억이 잘나지 않지만 미로같은 구조를 통과해서 몇 층 올라가면 문화부가 있었다. 내가 버벅거리고 있을 틈도 없이 눈치 빠른 출입구 근처의 은근히 잘생긴 남자기자가 나를 보더니 잽싸게 회의실로 안내해주었다. 그 자리에서 즉석 인터뷰를 하는 행운을 얻었다. 큰 기대를 하지 않았는데 며칠 후 스포츠조선에 3단 크기의 인물 사진과 그림이 실렸다. 참으로 감사한 일이었다.

몇 년 후 개인전을 할 때였다. 스포츠조선에 이어 또 문화일보도

느닷 없이 이런 방법으로 전화를 하고 바로 문화부로 갔다. 여기자가 미리 말하기를, "마감이 코앞이고 하루에도 작가들이 자주 온다. 그리고 매주 문화지면은 한정되어 있기 때문에 실린다는 보장은 못한다. 특히 잘 알려지지 않은 작가에게는 더욱 더?"라고 했다. 그래도 개인전 자료와 이미지 자료를 기자 옆에 슬그머니 놓고 나왔다.

며칠 후 (스포츠조선에 크게 실린 것처럼) 문화일보에도 큰 지면에 실렸다. 참으로 나는 2000년대 초반에 여러 가지 큰 행운이 많이 따랐다.

한 분야에서 꾸준히 개인전을 열고 일러스트, 카툰, 단행본 출판 삽화 등의 활동을 하다 보니 KBS미니드라마에 작품섭외가 들어오고 심지어 대역 화가로 출연할 수 있냐고 방송작가에게 연락이 온 적이 있었다. 그 당시에는 개인적으로도 방송출연에 대한 기대감이 있었고 약간 기웃거리고 싶은 마음도 있었기에 흔쾌히 수락했다. 평상시라면 집에 있을 시간인 밤 12시, 여의도방송국 안 세트장에서 피디가 지시한 대로 그림 그리는 씬을 찍게 되었다. 그때였다. 묘한 희열감이 내 마음 안에 꿈틀거렸다. '이게 무엇일까?' 잠시 신선한 생각이 뇌에 들어올 때 피디분이 잠시 쉬었다 하자고 해서 막간을 이용, 멍하게 있다가 유명 여배우와 자

어느 화가의 보조자.
이 정도 역할은 식은죽 먹기.
밥을 먹든 산책을 하든 항상 먼저 시작하는 어르신.
하지만 도움이 필요한 상황에선 알아서 척척!

리를 함께할 수 있었다. 늘 티비로만 보다가 실제 내 옆에 있다는 게 믿기지 않았지만 난 너무나도 천연덕스럽게 말을 걸어 이런저런 얘기를 나누었다. 그러다 우연히 내 친구 일러스트 작가에 대해 얘기했는데 여배우가 하는 말, "앗, 내 친구 중 가장 친한 고등학교(선화예술고등학교) 단짝친구였어요!" 한다.

어떻게 그 친구를 아는지 꼬리에 꼬리를 물고 대화가 이어졌는데 피디분이 녹화를 다시 시작한다고 해서 얘기는 거기서 멈추고 말았다. 아쉬움이 남은 채 우리는 헤어졌다.

서로 연락처도 못 물어보고 그렇게 드라마 녹화가 끝난 후 헤어지게 된 건 아쉽지만 거기까지가 인연이고 운명인 듯!

(내 사인의)
변천사

작가가 되면 정말 멋진 사인(sign)을 갖고 싶다고 생각했었다.
이미 21살에 겁없이 공모전에서 대상을 받은 후, 그림에 '나만의
스타일'을 갖기 위해 부단히 노력했고, 그림을 그린 후 마지막으
로 하는 사인 또한 작품 이상으로 고민해야겠다고 생각했다.
1993년도의 사인은 단순히 연도와 성, 이름을 나열하는 정도였
다. 그후 이런저런 사인을 약간 변형하다가 1995년, 아내를 만나
면서 아내의 별명인 붕어 모양을 사인 옆에 그려넣기 시작했다.
그렇게 물고기와 연도를 넣다가 2000년 새해가 되면서 조금 더
심플하게 생략하기 시작했다.
그래서 2001년부터 본격적으로 성과 이름이 표현되다가 2003년
중앙일보에 입사하면서 급격히 심플한 사인을 사용하기 시작했
다. 지금도 쓰고 있는 ㅇ ㅣ ㄹ이다. 약간 중의적이기도 하고, 국
내용만이 아닌 국제 사인용어로 표현화하고자 하는 욕심도 있었

기에 숫자인 듯 문양인 듯 명확하게 한 듯하면서도 그렇지 않게
한 의도도 있다.
사인도 작품으로 남기고 싶었고 글로벌적인 문양톤의 사인은 지
금도 계속 진화중에 있다.
아마도 큰 심정과 후폭풍의 계기가 없다면 일구 사인은 이대로
가지 않을까 하는 생각이다.

이 그림은 서서영 선배님이 그려주신 털보 캐리커쳐

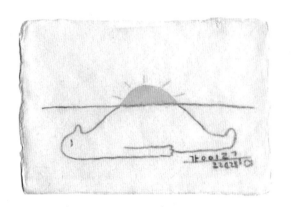

연도와 성, 이름을 나열하던 사인에서
1995년, 아내를 만나면서 아내의 별명인 붕어 모양을 그려넣었고
중앙일보에 입사하면서 사인은 더욱 심플해졌다.

(나의
첫 카툰집)

한 달에 용돈 100만원 줄 테니 제발 낯선 서울 가서 생고생하지 말고 고향에서 적당한 직장찾아 결혼하고 사는 건 어떠냐고 어머니는 달콤하게 유혹을 하셨다. 사실 예술에 대한 욕구만 아니었다면 덥석 어머니의 용돈미끼에 넘어가도 벌써 넘어갔을 것이다. 어쨌든 간곡하게 붙잡는 어머니를 뒤로한 채 나는 서울행을 택했고 1993년 추운 겨울, 서울 소격동 기와집 작은방에서 자취생활을 시작했다. 내가 좋아서 자청한 것이기에 찬 얼음을 깨며 세수하면서도 그닥 고생한다는 생각은 들지 않았다. 일한 만큼 나름 보람도 있었고, 시골에서의 무기력한 재수생활이나 할 일없이 슬리퍼 끌고 다녔던 방황기간에 비하면 도시에서의 예술생활과 그림영업은 즐겁기만 했다.

하루는 용산(아마도 1995년도 일인데 기억이 가물가물)에 있는 명지출판사에 일방적으로 전화를 걸고 200페이지 분량의 흑백

그림을 들고 찾아갔다. 편집자분이 나오시더니 잠시 후 나이가 지긋하신 어르신이 나오셨고, 대뜸 귀찮으면서도 짜증스런 목소리로 물으셨다.

"무슨 일로 왔느냐?"

나는 작품을 보여드리러 왔다, 한번 보시고 출판 가능성이 있는지 검토를 부탁드린다, 하고 작품원고를 내려놓고 잠시 어르신 눈을 쳐다보았다. 출판사 사장님이셨던 어르신은 작품원고는 보는 둥 마는 둥 하시더니 "그래, 자네 요새 어디서 일을 하는가?" 말씀하셨다.

나는 그때 보이스카우트연맹에서 일을 받아 일러스트 작업을 하고 있었기에, "보이스카우트 일을 하고 있습니다"라고 답했다. (사실 직원으로 일하고 있었던 게 아닌데, 나중에 알고 보니 내 표현방식이 어눌하다 보니 사장님은 내가 보이스카우트에서 근무를 하고 있다고 생각하셨던 것이다) 순간, 어르신의 눈동자가 다이아몬드 눈빛으로 초롱초롱 생기가 돌기 시작하는 게 아닌가. 어르신은 갑자기 과거에 당신이 보이스카우트에서 일한 얘기부터 시작하여 그동안 파란만장했던 개인사를 술술 풀어내셨다. 나는 속으로 생각했다. '잉? 뭔 일이지? 지금 이 상황은….'

그렇게 시간이 물처럼 흐르고 한 달 후에 털보는 신기하게도 명지출판사에서 생애 첫 카툰집《하루에 두 번 자는 남자》를 출간

했고, 두 번째 카툰집《물밖에 사는 물고기》까지 출판했다.

지금 생각해보면 서로 어긋난 오해를(?) 하는 바람에 희한한 인연으로 이어진 것이다.

서늘하게 시작된 인연이었는데 책까지 출판할 수 있었다. 종종 용산을 지나갈 때면 출판사에 들렀는데 그때마다 사장님은 마치 아들 대하듯 따뜻한 차 한잔 주시면서 이런저런 자상한 말씀을 많이 해주셨다. 벌써 한참 전 얘기다.

참으로 사람의 일이란 신기하고도 묘한 게, 몇 년 지나 일러스트 영업을 하러 다른 출판사에 갔을 때에도 (일은 못 받았지만) 인연을 맺는 일이 많아졌다. 나는 참 복이 많은 사람이다.

하루에
두번자는 男子

강일구 카툰작품집

명지출판사

강일구 카툰집 2

물 밖에
사는 물고기

CARTOONIST 강일구 지음

명지출판사

창작을 하는 이들이 현실에서 가장 많이 부딪치는 부분 중 하나가 바로 경제적인 면이다. 힘들어서 포기하는 사람들을 직간접적으로 많이 봐왔다. 나도 작업하는 매 순간 타업종을 흠모하며 두리번거리기 일쑤였다. 가령 공무원 시험이라든가 일반기업 입사 준비 등….

이래저래 시간싸움, 마감싸움 등 조직에서의 단체행동과는 맞지 않는 이단아 성향이 있어 일찍이 출퇴근하는 일과는 담을 쌓아왔으나 37세, 늦은 나이에 '신문사 입사' 라는 기적 같은 일이 벌어지면서 출퇴근 개념의 담을 스스로 무너뜨리고 말았다.

덕분에 시간개념이 확실해지고 프리랜서로 집에서 느긋하게 작업하던 몸에 밴 굼벵이 버릇이 신기하게도 고쳐졌다.

신문마감 시간은 누구보다 칼같이 챙겼으며, 범생이로 둔갑하여 편집국이나 계열사에서 부탁하는 뜻밖의 일까지 모두 "척척" 다

출퇴근하는 직업이 생기면서
마감시간을 칼같이 지키는 화가가 되었다.
털보가 범생이로 둔갑할 수 있게 된 놀라운 사건.

마감해드리는 놀라운 일이 벌어졌다. 아, 옛날이여!

어쨌든, 다시 프리랜서로 돌아온 지 어언 4년. 빈둥빈둥대다 보니 배꼽시계가 요란하게 밥줘 밥줘! 시위한다.

뎬장, 한 끼 안 먹으면 죽나? 하는 생각이 들다가도 맞다, 가뜩이나 체중이 63kg밖에 안 나가는데 먹어줘야지, 안 그러면 종종 빈혈도 올 테고.

그래서 오늘저녁은 나를 위해!? 아차차챗! 가족! 나 제외한 한 분만 계시는 관계로 아내를 위해 사러가슈퍼에 가서 냉동캔을 구입해왔다. 나도 한번 요리 좀 해보자! 요즘 여기저기서 먹방 요리 프로가 난리인데, 흠흠.

후라이팬에 물을 붓고 가스렌지 불을 켠 다음, 냉동캔을 따서 물속에 풍덩! 기본 요리준비는 된 셈. 이것저것 활용할 재료를 준비하는 사이, 이 뭐꼬?

냉동캔 안의 물고기 나 살겠다고 옆 코너로 "파르르륵" 날아간다. 초보요리사의 상상은 이 순간에도 뇌에서 열심히 픽션으로 작업중이다. ㅎㅎㅎ

털보에게 먹힐 순 없다! 탈출 시도!!

몸은 50대
마음은 10대

자기 그림은 알다가도 모를 수가 있다. 서,설마했다가 지금 내 그림이 어디로 흘러가는지… 깜빡했다가는 삼천포로 빠지고 또 빠질 것 같다. 그러지 않으려면 초심을 잃지 않아야 한다. 나는 하루 24시간 풀가동으로 마음의 케이블선을 만들어 나를 자세히 들여다보는 여행을 하며 나를 연구한다. 나를 들여다보기.

그림 그린다고 뭐한다고 폼잡아도 기껏 50년. ㅎㅎ

그러기에 더욱 미친놈처럼 불구덩이에 뛰어든다 해도 결국 미련이 없어야 한다는 숙제가 기다리고 있다. 뭘 하든 앞으로 자연에 순응하며 하고 싶은 거 묵묵하게 하는 방법만이 있을 뿐이다. 미련없이 가자.

우리가 가고 있는 위대한 자연의 길을 먼저 가는 것뿐이다. 그게 왜 무섭고 두려운 길인가! 태어나기 이전의 제자리로 다시 돌아가는 것뿐인데.^^

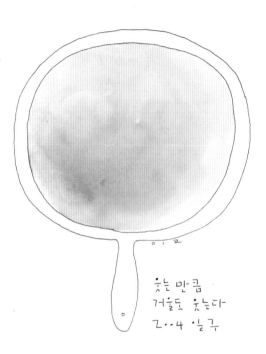

웃는 만큼
거울도 웃는다
2014 일구

몸은 50대 마음은 10대. 늘 그런 마음으로 그림을 그리며 외부의
적에 신경 쓰지 않고 나의 고정나이 주름틀을 지우고자 수행하
듯 노력한다. 하루이틀 지나가도 늘 10대의 마음의 붓으로 그리
고 또 그리기.

좀더 젊었을 때 나는 나의 작은 갤러리를 갖고 싶었다. 항상 마
음속에 차 있던 이 염원을 실천해볼 기회가 드디어! 왔다.
그림 그리는 화가로서는 확률적으로 거의 손가락 안에 들 정도
로 가망이 적은 대기업신문사 특별채용, 즉 러브콜을 받은 것이
다. 기적적으로 나한테 운이 다가왔다. 아마도 하늘에서 "털보,
네 소원을 특별히 들어주겠노라" 하신 것 같다.
꿈만 같게도 한 달에 한 번씩 내 통장으로 월급이 차곡차곡 쌓였
다. 월급쟁이 생활을 하고 있었지만 늘 '작가'라는 사명감이 나
를 조금씩 조급하게 만들고 있었다. 시간이 더 흘러가기 전에 정
말 하고 싶은 걸 해야 할텐데 그게 무엇일까?
당연히 갤러리를 갖는 것이었다.
필요할 때마다 갤러리를 대관하느니 내가 하나 차리고 싶었다.
연희동 번화가에 있는 상가 1층을 임대했다. 낮에는 회사에서 일
하고 퇴근 후 초저녁부터는 갤러리에서 이중생활을 했다. 화가
로서의 긍지를 3개월가량 담금질하며 단련하고는 이런 생각이

가을이라그ㅜ

몸은 어른 마음은 어린이
아직도 나이테 줄을 잊고 사는 어른

들었다. 매달 전시회를 하는 것도 아닌데 현금 70만원씩 상가주인에게 드리는 게 조금씩 버겁구나!

결국 갤러리를 그만두었다. 욕심이 점점 극대화되어 가는 것인가! 내 꿈을 잠시 접었지만 그래도 미래의 나에게 "도전해보지 않고 후회하는 것보다 낫다, 잘했다!"고 내 어깨를 꼭 감싸주고 싶다.

수고했다, 털보일구야~~.^^.

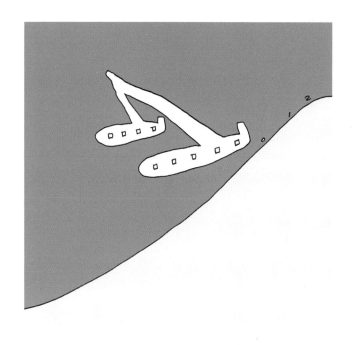

화가 강일구의 평창올림픽 카툰
작품제목 : 더 멀리 더 멀리
2017년 11월작

(농사짓는 마음으로)

어머니, 담벼락, 몽땅연필, 크레용, 도시락, 검정고무신, 삼천리 자전거, 크라운, 삼각자, 교복, 칠판. 내가 좋아하는 그림 소재이 다. 그리움 가득한, 정에 사무쳐 추억이 아른거리는 향수의 소품 들이다. 이 소품들은 평생 내가 가고자 하는 작가의 길 방향과도 필연적으로 만나는 지점이기도 하다.

심플함과 소박함은 내 작품의 길이자 최종 도착지점이자 끝나는 곳이다.

하얀 도화지를 논이나 밭이라 생각하고 텅빈 공간에 하나하나 정성껏 씨앗을 심는다. 때로는 아이디어 작물씨앗이 몇 초 사이 에 죽기도 하고 생생하게 살아 움직이는 그림으로 거듭날 때도 있다. 어떤 아이디어 씨앗은 겉으로는 쌩쌩한데 안으로 시들시 들하다. 참으로 알다가도 모를 때가 있다.

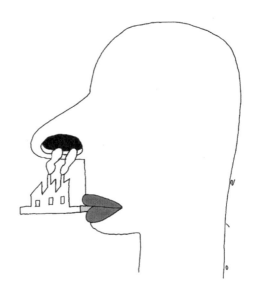

아픔은 겪어본 사람만이 알 수 있는 직접적인 삶의 체험현장.
옛날에 아버지가 하루에 담배를 3갑 이상 태우셨다.
나의 유년시절, 간접흡연은 자연스런 생활이었다.
나는 지금도 만성 기관지염을 앓고 있다.
그래도 가끔은 고인이 되신 아버지가 그리울 때가 있다.
아버지! 강국성이요! 지금 어디 계시는가여?

잘 그리려고 노력해도 하루 지나 그림을 보면 내가 낳은 자식인데도 밉다 못해 저주스러워 나도 모르게 욕이 튀어나온다.

에잇, XX!!!

장기전으로 그림을 그리다가 아무래도 몸안의 장기들이 비정상회의에 참석하러 가야 될 것 같다.(아, 아재개그 재방송 중)

(미술관 나들이)

8월 27일 토요일. 시간이 맞는 지인 몇 명과 장욱진미술관으로 나들이를 가기로 했다.

하늘이 파랗고 높다. 약간의 여름그늘은 있지만 그래도 자연의 가을 발이 한발씩 성큼 다가오고 있었다. 가는 길에 진관사 근처에서 잠시 쉬었는데, 한옥마을을 조성하느라 공사가 한창이었다. 주변 사는 사람들 말에 따르면, 이곳의 한옥은 대부분 2층 구조로 해서 1층은 상가, 2층은 살림하는 형태로 지어야 하는 게 원칙이라고 했다. 그러고 보니 모두 1층에는 상가가 들어와 있었다. 이리저리 둘러보다 예전에 보고 싶었는데 문을 닫아 못 들어갔던 '셋이서 문학관'으로 향했다.

이곳은 국경일과 월요일은 쉰다. 점심시간도 피해야 한다. 관장님 소개로 서예로 쓴 시와 잘 정돈된 집안 1층을 둘러본 뒤 본격적으로 2층 계단을 올라가니 드디어 3인 작가분이 기다리고 계

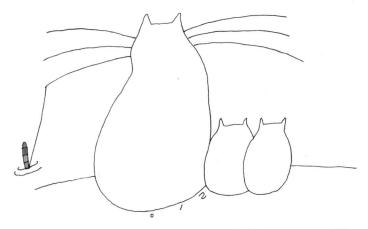

마음이 힘들고 위안이 필요하면
나는 홀연히 양주로 가곤 한다.
고양이가 고요히 앉아 낚시하는 것처럼.

셨다! 천상병 작가님, 중광 작가님 그리고 왕성히 활동하고 계시는 이외수 작가님. 작품들과 육필원고를 보며 사진도 찍고 각 방도 구경한 후 문학관을 나올 때야 알았다. 앗! 천상병 작가님의 사진을 못찍고 왔다. 헉^^;; 왜 그랬을까나.

공기 좋은 양주의 햇볕이 잘 들어오는 미술관에 다녀올 때마다 기운을 보너스로 얻어온다. 집으로 돌아오면 붓잡기가 한결 힘이 난다. 마음이 힘들고 위안이 필요하면 나는 홀연히 양주로 가곤 한다. 서울에서 한 시간이면 충분한 경기도 양주에 위치한 장욱진 갤러리. 그곳에는 선생님의 크고 작은 그림들과 유족 및 지인들의 기증으로 전시된 작품들, 발표된 출판잡지 등과 가족사진, 유품들이 있다.
나의 영혼의 스승님 중 한 분이신 장쌤. 그 분이 걸어오신 그림외길 인생도 존경스럽고, 소박하고 장난스러우면서도 소담한 작품도 존경스럽다. 삶 자체가 한편으로는 수행자 같으면서도 절제와 심플이 보다듬은 그림들. 아마 화가 피카소나 샤갈, 마티스와도 조우를 했으면 밤새워 이야기꽃을 피웠으리라.
나는 그렇게 자연이 걷어간 그의 발자취를 느끼러 평일에 시간이 날 때마다 그곳으로 간다. 장욱진 선생님 갤러리로.

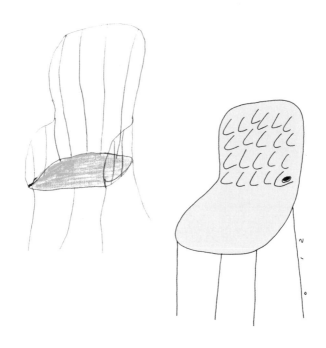

나를 푹 쉬게 해주는 의자,
숨 쉬는 내 안의 편안한 의자를 만들고 싶었다.
20대에 고향을 정식으로 버리고(?) 상경하면서
이리저리 떠돌며 내가 좋아 고생을 사서 했지만
그러면서도 아마 한편으로는 어머니 품처럼
내 곁에 늘 있어줄 만한 대상을 찾았나 보다.
그렇게 문득문득 그림 소재에서
의자가 자연스럽게 내 마음 안에 자리를 잡았다.
편안한 의자와 숨쉬는 코 의자도 그렇게 탄생된 것.
아마 평생 나와 함께 갈 듯하다. "파이팅! 의자."

(자나깨나)
말조심

어렸을 때부터 나는 무난하게 별 사건 사고 없이 외형적으로는 무럭무럭 콩나물처럼 쑥쑥 자랐다. 그렇지만 내면은 작은 돌멩이만 맞아도 예민하게 반응했다. 크고 작은 말 많은 사람들 사이에서 나는 소리없이 베이고 다치고 오장육부가 고장나기 시작했다. 그렇게 되니 스스로 사람 많은 조직에서 자진 이탈하고 스님 스타일로 나즈막한 집에서 소소하게 창작그림과 더불어 자연과 벗을 삼는 시간이 많아졌다.

오래된 친구나 새로운 인연 또는 벗들의 공통점은 자연과 닮은 성품의 그릇을 품고 있다. 유독 많은 얘기가 오가지 않아도 잘 통한다. 자연과 닮은 나의 친구들…. 야생에 가까운 것인지 상황에 따라서는 처음 만나는 낯선 사람과도 통하는 희한한 인연이 생기기도 한다.

예전에 동교동 길을 가다 몹시 무거운 짐을 들고 가는 할머니의

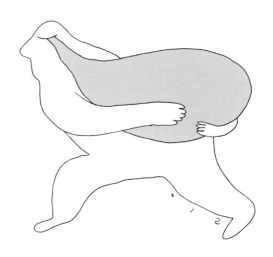

내가 나에게 침을 뱉는 행동… 매일 말조심 하기
매일 세수하듯 한다.
내가 작은 일에 상처 받는 것처럼 누군가도 그럴 수 있음을.

짐을 들어드린 적이 있다. 방향도 우리집과 정반대쪽이었는데. 그런데 할머니의 초대로 뜻밖에 밤까지 방 안에서 차 한잔 나누며 이런저런 사연의 이야기꽃을 피웠다.

화려함보다 소박함을, 복잡함보다 단순함을 추구하다 보니 대부분 일상생활에서 흔히 보이는 사물이 내 그림의 소재이자 주제가 된다. 보이는 사물을 다시 보이지 않는 사물로 재해석하는 게 내 그림의 첫 걸음이자 시작이다. 내면그림에 관련해 평생 생각하고 연구하다 보니 관상이나 사주, 손금이나 타로 또한 내 그림 안에서 자연스럽게 인연으로 이어졌다. 그렇게 조금씩 내면을 바라보는 눈이 생겨나 나는 자연스럽게 철학과 만나게 되었다. 단순하지만 그 안이 꽉차 있도록, 외형보다는 내면의 내밀함을 잘 표현할 수 있도록 오랫동안 고민하고 또 고민을 하다 보니 내가 어느새 타로를 하고 있었다. 인천에서까지 내 타로를 보러 오는 이도 생겼다. 급기야 타로를 보러 온 손님이 (사이비교주에 혼이 나간 것 마냥) 한 시간 내내 참회하듯 울면서 자신의 속사정을 말하기도 했다. 어, 내가 이러다 정말 점 봐주는 길로 가는 게 아닐까? 하는 걱정도 생겼다.

타로를 하다 보면 초기에 무서운 약발이 서서 자칫 잘못하면 천기누설까지 하게 한다. 나 또한 초기약발을 자제 못해 자진해서 후배 여자친구의 타로를 봐주었다가 크게 화를 당하고 말았다.
누구의 탓을 할 것도 없다. 나 자신의 타로에 대한 자만과 믿음
이 화를 자초한 것이다.
그 사건 이후로는 봐달라고 절실하게 손을 내민 사람 외에는 절
대로 타로카드를 만지지 않는다. 절대로….

201133

화가의 동행자이자 친구이자 스승이자 종교이자 자연이자 모든 것

재능기부:
응암벽화 문화체험기

얼마 전 장대로 감을 따다 나무에서 추락했다. 굵은 가지만 믿고 방심하다 그만 감나무에서 떨어지고 말았다. 다행히 머리가 땅에 닿지 않았지만 대신 엉덩이가 땅에 그대로 박히는, 생애 큰 경험을 했다. 옛부터 감나무는 믿지 마라 했거늘, 떨어져도 싸다는 큰 교훈을 스스로 얻었다.

며칠 후 있을 응암동 벽화작업을 잘할 수 있을까 내심 걱정이 되었다. 다행이 많이 좋아져서 허리만 담이 좀 결리고 아프다.

어쨌든 이만큼 아픈 게 다행이다 생각했다.

머릿속 아이디어를 가지고 벽화작업을 시작, 덜 추운 오후에 후회 없이 잘 마무리했다.

상업적인 분야에는 재능기부를 안 한다는 원칙을 갖고 있었지만, 마음이 천사인 지인의 소개로 처음이자 마지막으로 상업벽화를 그려보았다. 라이브카페가 성업하기를 바래본다.

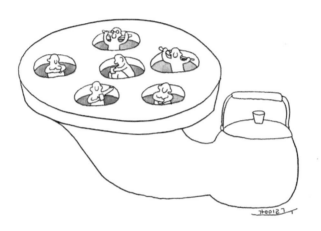

머릿속 아이디어는 숨어 있다가 갑자기 술술 흘러나온다.
놓치지 않고 잘 받아둬야 한다.

연희동 L153갤러리 냥이 드로잉

미루고 미루다 추석이 지나서야 담벼락과의 만남을 시도했다.

이번 벽은 또 다른 색과의 만남.

늘상 칠하던 검정색톤이 아닌 검정 군청색톤을 견본색으로 보고 애용하는 알*문구에서 구입했다. 그런데 으잉~? 벽에 칠하는 순간, 미간이 찌푸려졌다. 웬 은색펄이…. 거기다가 가격도 비쌌는데 냥이 몇 마리 그리고 나니 벌써 전사. 켁! 이 뭐꼬?

시간과 햇빛에 따라 색 또한 진했다가 흐렸다가 참, 가지가지하는 은색펄. ㅋㅋㅋ

소중한 경험과 공부가 되었도다. 조만간 다시 벽과의 색 접선 시도를 해야 할 듯하다.

(종종 문화산책, 글과 그림의 만남)

성수동 서울숲 근처 동네를 탐색해보기로 했다.

이제 서울뿐만 아니라 전국이 초스피드로 문화관련 다양한 생기꽃이 피어나고 있는 듯하다. 조용하고 볼품없던 골목동네가 자고 일어나면 멋지게 근대와 현대문화 꽃이 공존하기도 하고 말이다. 물론 상업적인 가게들이 들어와서 동네 분위기를 바꿔놓고 임대료 상승을 부추기는 측면도 있기는 하지만 문화적인 면에서 반가운 부분도 분명 있다. 날씨는 춥지만 따스하고 정겨운 곳을 목격할 때마다 행복물결이 밀려든다.

오늘은 연희가 양화대교를 건너 문래를 만났다(그야말로 시와 그림이 만나는 순간). 어설픈 글과 그림 관련 행사기획서를 가지고 지하철을 탔다. 연희와 문래 사이 긴 강을 두고 그동안 묵묵히 흘렀던 문화가 만나는, 설레고 흥분되는 순간이기도 한 오후.

김태형 시인이 알려준 대로 문래역 7번 출구로 나와 문래사거리 앞에서 직진. 횡단보도를 지나 큰 왕갈비집 간판 왼쪽 골목 안으로 들어가니 파란대문 '청색종이'가 반갑게 맞이한다.

약속시간에 미리 나와준 겸손한 태형 씨. 차분한 목소리와 이미 평정심이 있는 태형시인과 연극과 관련한 얘기를 나누다 시인과의 문학교류의 밤 얘기가 나왔다. 우리는 화끈하고 시원하게 결론을 내렸다.

"우리 서로 연희와 문래를 직접 걸어서 오가자."

만사오케이! 이처럼 상쾌하고 서로 부담없이 반갑게 맞이하는 교류가 또 어디 있겠는가!

11월, 걷는 거 좋아하는 그림작가들과 벌써부터 문래에 있는 청색종이로 걸어가고 싶어진다.

그림 숲을 지나 아주 가끔은 시나 소설 숲이 그리울 때가 있는데 오늘이 그런 날. 너무도 그림 안에서만 세상안경을 쓰고 바라보다가 목이 말라 그림 안 아닌 밖을 잠시 밤산책을 하고 집으로 가는 길. 예전 10년 전쯤 기억을 더듬거려 보니 문래동 청색종이로 가는 골목이 낯설지 않음을 알게 되었다. 그때 작가 그룹전을 보러 문래동에 왔다가 철공소 안쪽 골목에서 전시를 보고 청색종이 골목길 근처를 스친 기억이 떠올랐다.

낯설지 않았다. 옹기종기 뒤섞인 담벽과 기와 사이에서 바라본 빛조명이 너무 자연스럽고 이뻤다. 간만에 목 깊숙이 그림가래 필터를 교환하고 가는 느낌이랄까….

다시 한번 또 울컥할 때 오자고 생각했다. 오늘은 지인들과 소소하게 보리밥과 소주 한잔 흡입하고 문래역으로 출발~~.

안녕! 또 오자 문래!ᴧᴧ.

걱정은
걱정을 낳고
그러나
그것도
매일
마음수련의
과정

느닷없는
화가의 외도

(이런저런 무한도전!)

5년 전, 털보는 무한도전을 했다. 털보 갤러리를 열자!

하고 싶은 생각이 드니, 미룰 이유가 없었다. 앞뒤 재지 않고 바로 실행에 옮겼다. 주변에서는 아직 시기상조라며 반대했지만 나는 말을 듣지 않고 갤러리를 오픈했고, 뼈아픈 현장체험을 통해 갤러리 운영자들의 심정, 작가의 입장 모두 조금씩 더 이해하게 되었다. 여러 부분에서 산(生) 공부를 한 셈이다.

그리고 5년 후인 2017년 9월 20일, 털보의 또 다른 무한도전이 시작되었다. 연극을 무대에 올려보기로 했다!

이 일 또한 세월이 흐른 후 "역시 그때" 저질러보기를 잘했다고 스스로에게 말할 듯하다.

장하도다! 장하도다! 스스로에게 말로 수없이 격려를 한다.

그리고 또 그리고 그렇게 몇십 년을 그려도 뭔지 모를 응어리가 있다. 캔버스에서 못다 한 '한' 같은 미련을 응집하여 언젠가 다

화가의 비즈니스는 걸으면서도 진행 중
이걸 해볼까… 저걸 해볼까…
이걸 그릴까… 저걸 그릴까…
나의 그림인생은 오늘도 걷는 중

른 영역에서 터뜨린다 했는데, 2017년 가을 드디어 오랜만에 작가의 그림 샛길을 가보기로 했다. 그 샛길이 멈추는 정거장에는 '연극'이 있었다.

오리지널 날것의 생생한 소리, 몸짓, 행동에 예전부터 관심이 많았는데 그동안 누적, 또 누적되어 오다가 그 기운이 이번에 수면 위로 올라오려 한다. 피할 수 없으면 즐기라는 말도 있듯이 무더위가 꺾이고 선선해지는 바람 좋은 가을날, 대학로 성륜소극장 지하 무대에서 나는 내 몸을 펜 삼아 나를 그리고 나의 생각을 표현할 것이다. 또 다른 나의 그림에 벌써부터 기대, 두려움, 설렘이 가득하다.

'가장 하고 싶은 걸 못하고' 눈을 감는다면 얼마나 미련이 남을까. 나는 하고 싶은 게 생길 때마다 하나씩 강력하게 추진하기로 했다. 그림에서 못다 한 말을 연극이라는 생생한 무대를 빌려 표현하는 것뿐, 만나는 과정은 다 같은 것이다. 대학로 소극장 관계자를 만나 현장을 확인하고 오니, 머리속으로만 생각했던 부분들이 드디어 어느 정도 윤곽이 드러나기 시작했다.

무대의 막이 올라가고 연기가 시작되면 빠르게 시간이 흘러갈 것이기에, 나는 그림을 그리는 사이사이 연극준비가 진행되는 과정을 페이스북에 실시간으로 남기기로 했다.

털보화가의, 바늘도둑이 소도둑된 이야기

옛 말에 바늘도둑이 뭐 된다고 지금 현재상황이 그렇습니다.^^;

참으로 기분 좋으면서도 한편으로는 부끄럽습니다. 저는 어렸을 적

초등학고 3학년 때부터 그림만 알고 지내왔고 지금도 똑같습니다.

'연극'은 그렇게 그림 길만 가던 저의 모습을 표현하는 또다른 수단

일 뿐입니다. 동료출연자 여덟 분과 무대에서 원없이 한번 놀아볼

생각으로 일을 벌였습니다. 소극장도 빌리고 소중한 관객분들 모시

고 함께 놀아보려 합니다.

그러니 절대 프로의 무대를 기대하지는 마시고 그저 맘 편하게 오

시면 되겠습니다. 마실 오듯 9월 20일 수요일 7시40분에 소극장SK

지하에서 만나요~.^^.

(화가의 외도 :
　연극을 만지다)

2016년 말, 본격적으로 연극을 해야겠다고 결심을 하고 구체적인 행동에 옮기기로 했다. 연극을 하려면 먼저 연극에 '연' 자부터 알아야 하므로 어디서부터 공부를 해야 하나 고민했다. 연극단원으로 들어가 볼까 싶어 여기저기 기웃거려 봤지만 털보성격상 무지 어렵다는 결론에 이르렀다. 그럼, 이왕 할 거 내가 자발적으로 연극에 도전해보자! 해서 무대뽀로 대본을 쓰기 시작, 그에 맞는 출연진을 섭외하기에 이르렀다. 아무래도 출연진 표적대상 우선순위는 털보의 지인이었다. 그 다음으로 좀 생소하긴 하지만 페이스북 친구들.

왠만큼 출연진이 정해지고 대본도 시간이 갈수록 정리가 되었다. 그러나 잘해보려고 너무 욕심을 부렸나, 여기저기 자문을 받다 보니 급기야 중심을 잃는 경험도 했다. 얘기해주시는 분마다 그 내용이 다 일리가 있어서 그때마다 털보의 팔랑귀가 작동했고 대본을 급! 수정하기 바빴다. 그 사이 무대조명과 음향 관련자 미팅을 하고, 소품 준비하러 찾아다니고 인터넷 검색하는 횟수가 증가했다. 준비하면 할수록 단점이 하나씩 계속 나타났고 생각보다 만만치 않은 작업임을 체감하고 있었다.

하지만 그럴수록 현실에서 실천하기 위해 나는 더 열심히 뛰어다녔다. 하루만 대관하는 소극장을 알아보느라 인터넷 검색으로 하루일과를 시작했고 틈나는 대로 대학로 소극장을 방문하고 관계자와 실무적인 부분과 계약조건에 대한 이야기도 나누었다.

어쨌든 연극 〈누구라도 그러하듯이〉는 애초 계획대로 딱 1회만 공연하고 화끈하게 사라질 예정이었다. 실수를 하든 아쉽든 일단 공연이 끝나고 나면 다 잊자, 피로연 뒷자리에서는 절대로 후회하는 말은 하지 말자, 고 마음먹었다. 가령 아, 그 장면에서는 이렇게 할 걸… 뭐 그런 아쉬움이나 실수는 얘기하지 않기로 했다. 모두 연기대본에 포함된 것이므로 괜찮다. 최선을 다해 하면 그뿐이었다.

이제 연극이 사실상 한 달도 안 남았다.

주사위는 던져졌고 조만간 주사위 표면에 있는 숫자를 확인하는 것만 남았다. 어찌 됐든 이제 연극의 아마니 초보니 봐달라는 구차한 변명은 의미 없고 최선을 다하며 오로지 전진하는 것 외에는 방법이 없다. 실수하더라도 진솔하고 솔직한 마음으로 무대에 올라가는 것이 나 자신과 출연진 그리고 관객에게 모독을 최소한 줄이는 배려라고 생각한다. 오늘 지인과 허심탄회하게 대본을 점검하면서 깨달았다.

'너무 꾸미지 말자' '너무 오버연기를 하지 말자' 그리고 '너무 진지하게 과장해서 연기를 하지 말자' '틀리거나 예상치 못한 흐름이 오더라도 자연스럽게 연기하자' '솔직하고 유쾌하게 하자' '우리를 보러 오신 관객들 앞에서 꾸미지 말고 정말 있는 그대로 최선을 다하자…'

그러니 너무 사이비교주처럼 연기하지 않기를, 설득하거나 강요하지 않기를, 〈누구라도 그러하듯이〉 연극 타이틀처럼 우리 주변의 이야기를 누구나 공감할 수 있도록 놀이연극이 될 수 있도록 대본을 조금? 손보자.

소극장도 대관했으니 원없이 돗자리를 깐 위에서 미친 듯이 자연스럽게 토해내기로 하자! 원없이!

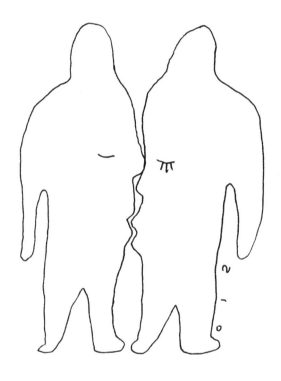

낯선 체험.
해보지 않았던 또 다른 분야에 도전하며 만난 내 모습.

(미용실에서
한의원으로 바뀐 무대)

구체적으로 대본을 쓰기 시작하면서 느낀 점. 혼자 모든 걸 다 진행하는 그림 그리기 작업과 유사점이 있으면서도 다른 점도 많은 게 연극이었다. 첫 대본의 시작은 마임이나 퍼포먼스 연극이었다. 그러나 점차 대본을 수정하면서 미용실을 배경으로 했다가 또 여러 상황 및 흐름상 동네한의원으로 배경을 바꾸었다. 이 대본을 최종으로 하자고 확정짓고 슬슬 추가 보완을 하고 있는 중이다.

출연진들의 실제 직업도 모두 다르고 하는 일이 불규칙하다 보니 애초에 생각했던 여러 차례의 리허설 없이 당일 리허설 후 바로 무대에 올라가기로 했다. 어차피 딱 한번 공연하고 흩어지는 것이니 충분히 가능한 일이었다.

무대는 야간진료를 하는 한의원에서 (실제 연극시간과 동일하게) 밤 8시부터 15분 간격으로 예약환자를 받으며 시작된다. 60

대 한의원장 역은 강일구, 남자간호사 역 조경현, 보조 간호사 미쓰문 그리고 6인의 환자가 등장한다. 미리 짜인 각본없이 당일 리얼 대사로 각 등장인물들의 사연이 곧 우리의 이야기로 투영되는 컨셉이다.

며칠 전부터 무대배경 준비와 소품, 조명, 음향에 신경을 집중하고 있다. 각 출연진이 사연을 얘기할 때 흘러나올 잔잔한 배경음악과 약간 신나고 춤출 수 있는 소란스럽지 않는 배경음악… 각색, 편집도 해야 할 것 같고, 어쨌든 조명/음향 담당 지웅이가 할 일이 더 생긴 듯하다.

시간은 계속 흘러 공연날짜가 다가오고 있었다. 무대장식에 필요한 소품을 사러 가는 날, 무대뒷면이 그냥 까만 바탕만 있으므로 가릴 겸 무대 한의원배경을 드로잉 선으로 하기로 했다. 여유분까지 생각해서 천을 7만 원어치 구입했다. 무지막지하게 여러 마 구입했다. 그리고 예약차트판과 장식용 침을 준비하고 동네 한의원 간판도 만들어야 한다. 아직 산너머 산. ^^;;
무대장식을 만들고 생각해보니 현장답사를 또 한번 해야겠다. 천을 어디에 걸어둘 수 있는지 이것저것 확인하고 와야겠다.

포스터에 들어갈 2개의 그림 중 아래 버전이 채택되었다.
(실제 포스터에는 옛날 느낌 물씬 나게 그린 그림을 넣었다)

(1인 공연
연습)

생각만 해봤자 실제상황은 늘 다르고 돌발적이다. 그래서 어제 (배경과 무대장소는 다르지만) 지인이 잠시 봐달라고 한 매점에서 직접 짧게나마 1인 공연을 시도해봤다. 불특정 다수가 출연할 뿐 아니라 언제 어디로 향해 튈지 모르는 돌발대사와 민첩성과 계산력이 요구되는 유원지의 매점.

제대로 인수인계가 안 된 상태에서 갑자기 50대 후반 아저씨 손님이 등장했다. 손님이 요구한 담배를 찾아온 후 (좀전에 어깨너머 봐둔) 계산대로 가서 확인하고 거스름돈을 건네주었다. 이건 기본이고 때로는 손님의 즉흥적인 멘트에 자연스럽게 스마일 립서비스까지 해야 한다는 사실을 알게 됐다.

사람을 상대로 하는 일이다. 나 자신을 긍정적으로 손님에게 표현하면 여러 가지로 서로 좋아진다는 것도 알게 되었다. 나는 기적의 화술법까지 금세 터득했다. 잠깐 딴 생각을 할라치면 밀물처럼 나이, 성별 상관없이 밀려오는 손님들. 이 매점 시스템이야말로 털보가 연극무대 전체 흐름을 이해하는데 큰 신선함의 창구가 됐다. 다양한 캐릭터, 불특정 다수를 대상으로 하는 사전 대본 없이 자연스럽게 터지는 대사들….

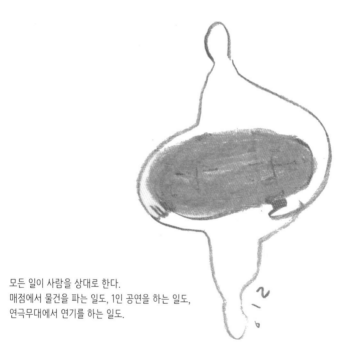

모든 일이 사람을 상대로 한다.
매점에서 물건을 파는 일도, 1인 공연을 하는 일도,
연극무대에서 연기를 하는 일도.

(그렇게나 해보고)
싶었던 연극

가을바람 좋고 기분도 좋고, 드디어 다음 주 20일은 털보의 소원
이 이루어지는 날이다. 그림에서 못다 한 누적된 울분의 찌꺼기
를 연극무대라는 캔버스에서 원없이 미련없이 표출해보자고 나
자신에게 얘기를 건네본다.

사람들이 묻는다. 그림 그리던 사람이 웬 연극이냐고….

당연한 질문이다. 나의 그림이 내 뿌리라면 연극은 잎이라고 생
각한다. 한몸이다. 결국 모두 연관된 줄기이며 나의 창작품이다.
언젠가 해야 될 일인데 반백 년을 기다렸다가 터졌을 뿐이다. 앞
으로도 그림 그리다가 여러 장르로 외도 아닌 창작길을 갈 듯도
싶다.

밤이 깊어가는 9월, 오늘은 뒷풀이 장소를 정하고 돌아왔다. 마
음이 든든하다. 털보가 좋아하는 이제하 작가님의 마리안느 카
페에서 소박하게 뒷풀이를 할 예정이다. 좌석이 여기도 40석 이

최소한 얼굴(마스크)에 대한 기본 성격 및
표정과 심리도 파악해야 한다.
사악한 표정, 경쾌한 표정,
우울한 표정도 만들어본다.
굳은 표정을 갑자기 짐캐리처럼 만드는 건 어렵지만
지금보다 좀 과장된 내 얼굴을 만들어볼 필요는 있는 것 같다.

내라 위태롭지만^^;; 그래도 고민없이 결정했다.

수개월 동안 밑그림을 그려온 연극을 다음주가 되면 실제 소극장 무대로 옮겨간다. 다소 긴장도 되고 설레기도 하고 이래저래 혼자 비무장지대에 서 있는 그런 기분이다.

짧다면 짧고 길다면 긴 시간이었는데, 대본도 수많은 수정과 정리로 한결 가벼워졌다. 많은 이야기를 담으려 했지만 생략되었고, 욕심을 줄이고 정말 줄이고 줄인 〈누구라도 그러하듯이〉 연극과 털보는 잠시 연애중이다. 수요일 지나 목요일 아침 눈을 뜨고 나면 꿈이 아닌 새삼스러운 현실의 아침을 맞겠지만 그래도 행복한 꿈을 꿨노라고 말을 할 것 같다.

무슨 일이든지 결과도 매우 중요하지만 과정도 중요하다. 잠시 필요할 것 같았던 가면 소품이 비록 빛을 못볼지라도 그 준비 과정들은 정말 필요하고도 중요한 순간들이었다.

털보작가 강일구의 창작공연

누구라도
그려하듯이

기획·연출·극본 : 강일구
출연 : 박세현, 손세임, 허유리, 하인숙, 조경현, 락김, 이영래, 조우림, 강일구
동네한의원 자문 : 붕어, 조경현   조명·음향 : 강지웅, 강동헌
날짜 : 2017년 9월 20일 수요일 오후 8시
장소 : 스튜디오SK 지층

❖ 입장료 만원   ❖ 7시 40분까지 입장 바랍니다.

(연극이라는 소풍,)
전날 밤

드디어 2017년 9월 19일. 공연 전날 밤이다. 개인역사상 가장 설레면서도 가장 무섭고 두려운 '무대올리기' 전날 밤.

흥분과 두려움이라는 이중가면을 어거지로 잠재우려고 일부러 잠자리늪에 일찍 들어갔지만 겹겹이 악몽꿈이 나를 기다리고 있었다. 연극무대에서 뛰쳐 도망가는 꿈, 아무 이유 없이 소리 지르는 꿈, 주연인 내가 갑자기 아무 것도 안 하고 멍하니 서 있는 꿈 등등. 정말이지 평생 동안 색다른 꿈을 목격하면서 생생한 기록을 본 듯하다.

다시 과거로 가보면, 힘들다고 연극을 포기하기에는 강씨 고집이 허락하질 않았다. 그런 생각이 강해질수록 털보는 유튜브 동영상을 찾아가며 더 자주 연극을 맛보기공부로 시청하였고 TV에서도 연극관련 프로그램을 일부러 집중적으로 보았다. 시간이 흐르며 혼자 감당하기 벅찰수록 이 모든 걸 누군가와 터 놓고 얘기하고 싶었지만 차마 말할 수가 없었다. 연출자이자 대본진행자로서 아무 일 없듯이 담담한 척해야 했다. 출연진과의 약식 리허설과 개별 리허설, 의견조율 등 산넘어 산이 기다리고 있었고 의외로 시간이 너무나도 빨리 흘러가고 있었다. 불충분한 시간도 그렇지만 이래저래 너무나 고독하고 외로운 하루하루가 지나가고 있었다.

어느 날은 혼자 그리는 그림보다 여럿이 협력하는 이 연극 장르가 더욱 고독하고 더 힘든 분야이지 않을까 하는 생각도 들었다. 그렇게 공연이 다가오고 대본연습은 주로 게릴라 식으로 1:1 또는 2:1이나 3:1 만남의 형식으로 아주 간략하게 이루어졌다. 어차피 연극 초기부터 우리 출연진과 누누히 달콤한 약속을 했던 터였다. 각자 생활환경도 다르고 하는 일도 다르다. 당일날 지방에서 올라오는 배우도 있다. 최대한 연습은 자제하고 틈날 때 리허설하고 당일 리허설 3~4번 하고 무대에 올라가기로 했다. 또한 공연대본에도 즉흥대사가 많다는 게 우리에게는 위안이었다.

아무일 없는 것처럼 내일 연극소풍을 가자.
즐겁게 즐기다 오자. 단 하루의 딱 한 번 무대를.

(누구라도
그러하듯이 …)

"그림 그리는 사람이 무슨 연극을 한다고 그래! 아서라~."

"그림만 그리기도 힘든데 왜 쓸데없는 짓을 하냐."

처음부터 주변의 우려와 반대가 많았다. 격려는 바라지도 않았지만 힘 빠지는 뼈아픈 메아리를 들으며 1년 가까이 준비를 했다. 겉으로는 달관한 듯 진행하면서도 마음은 상당히 다친 상태. 털보와 아주 가까운 지인들도 그런 반응을 보여주었다. 상대방 입장에서 보면 가능한 일이라 이해하기로 했다.

어쨌거나 혼자 연극판을 벌린다고 생쑈를 해가며 대본 쓰고 연출하고 무대소품 및 미술장식, 배우섭외 및 캐릭터를 분석했다. 각자 맡은 분야의 대본에 대해 얘기하랴 설득하랴 아주 바쁜 나날의 연속이었다. 그 와중에 출연을 고사하는 배우도 나타났다. 할 일이 산더미였다. 중간중간 위도 좋지 않아 음식미각도 사라진 데다가 설사까지 겹쳤다. 참, 윗일 총책임자란 자리가 이렇게

살다 보면
겪는 슬픔도
인생공부
얻는 기쁨도
인생공부
"슬픔과 기쁨"

외롭고 고독하구나, 모든 책임을 떠안고 꿋꿋하게 지키는 자리
였구나, 생생하게 체험했다.
그렇게 즉흥연극 〈누구라도 그러하듯이〉가 시작되었다.

드디어 공연 당일!
무대 올라가기 전 마지막 점검과 리허설, 허겁지겁 마음 속으로
하늘에 계신 아부지신에게 잘 되길 희망한다고 일방적으로 부탁
했다. 신의 자리인 무대를 그렇게 허락?받고 올라가 연극이 시작
되었고 시간은 정신없이 흘러갔다.
무대배경은 한의원. 한의사가 환자들의 고민거리를 들어주며
서로 간의 사연들을 풀어나가는 형식으로 진행되었다. 환자들
의 직업도 다양하다. 가수, 화가, 강사, 연극배우, 타투이스트, 댄
서 등 총 9명이 1시간 30분 동안 웃고 울며 마시며 얘기를 나누었
다. 사실 연극시간은 50분 정도로 잡았으나 즉흥연기로 이루어
지다 보니 흐름상 끊을 수 없었고, 좀 길어지고 말았다.
한 시간 반가량의 공연에서 출연진은 연기를 한다는 부담감이
있었고, 나는 연출·극본가로서의 사명감에 빠져 점점 균형을
잃어가고 있었다. 때로는 대사를 남발했고, 상대 대사를 막기도
했다. 내가 보기에도 너무 민망할 정도였다.
다행히 시간이 좀 지나면서 중간부터는 자연스럽게 흘러갔다.

새로운 도전은
늘 떨리지만 나를 살아 숨 쉬게 한다.
누구라도 그러하듯이….

다들 긴장도 풀리고 분위기도 어느 정도 좋아졌다. 그러다 끝부분에서 남자간호사 역을 맡은 배우 경현 씨가 가수 이상은의 '언젠가는'을 부르는데 나도 모르게 울음보가 터지고 말았다. 난 그때 가사내용에 흠뻑 빠져 있었고, 이 상황은 대본에 없던 부분이었다. 연극을 준비하며 힘들었던 여러 가지 상황들이 순식간에 파노라마처럼 지나가며 그렇게 한의사역을 맞은 털보는 엉엉엉 무대에서 울었다. 어느덧 생쑈는 끝이 났고, 정신을 차리고 보니 이미 관객들이 내 어깨를 감싸안아주고 떠나고 있었다. 길었던 공연준비 기간, 소중한 공부의 시간들이 순간적으로 과거의 낙엽으로 흩어지고 있었다.

힘들고 외로웠던 시간도 많았지만 거꾸로 생각해보면 당연한 결과였다. 내가 무대에 완벽한 연극을 올리겠다고 스스로 기대한 건 아니었다는 위안, 연극 덫을 핑계로 소중한 많은 인연들과 함께할 수 있었던 이 순간, 지금 여기가 가장 빛나고 아름다운 장면이었다. 더 욕심내는 건 부질없는 짓이었다…. 그렇게 나를 토닥였다.

대학로에서 연극을 올려보는 건 처음이자 마지막으로 내 생애 꼭 한번은 해보고 싶었던 큰 일이었다. 그 소원을 이루었고, 이제 미련은 없었다. 아주 즐겁고 무자비한 연극놀이를 나는 원없이 했다….

평생 해보지도 않았던 연극을 한번 만들어보겠다고

생쑈를 함에도 끝까지 출연진의 입장을 헤아려

너그러이 봐주신 훌륭한 관객분들과

출연진분들께 다시 한번 고개숙여 감사드립니다.

〈누구라도 그러하듯이〉 어설픈 연극 연출·대본진행자
덜보원장 역 강일구 올림
2017년 9월 24일

(새로운 창작놀이)

연극이 끝나고 나니 미련은 없어졌지만 다른 스토리가 마구마구 생각나기 시작했다. 밥을 먹다가 '수상한 여관'이란 연극 스토리가 자꾸 떠오른다. 뎅장, 연극 끝난 지 얼마 되지도 않았는데, 이놈의 후유증이라니. 이 어쩌하면 좋노.

자,자, 잠시 생각만 메모해두고 양익준 주연의, 시인의 시선으로 바라본 〈시인의 사랑〉 영화로 일단 불을 끄자. 영화를 보며 이런 저런 생각이 났고, 영화가 끝난 후 김양희 감독과의 대화가 이어 졌다. 사회자의 말에 따르면, 김양희 감독은 7년 전 육지생활을 정리하고 제주도로 이주, 지금 서귀포에서 실제 '시인의 사랑'이 라는 책방을 운영하며 살고 있다고 한다. 이번 영화는 첫 작품이 다. 영화 속 시인의 실제 롤모델도 제주도에서 활동하고 있는 시 인이다.

이래저래 영화를 보면서 틸보는 비평을 하지 않기로 마음을 먹었

다. 그냥 감독 또는 스탭의 일환인 것처럼 그들의 입장에서 보고
싶었다. 첫 작품, 첫 영화 진행. 과연 어땠을까? 김 감독은 눈가에
눈물 비춤을 참고 "애를 내보내는 마음이다. 이제 첫 제작 영화를
자식처럼 세상에 내보내는 마음…" 이라고 했다. 이해가 가고도
남는다. 순간 나도 눈물샘이 울컥했다. 요새 호르몬 과다분비인
가~!

어쨌든 감정이 많아 창작하기에는 좋다. 슬픔, 분노, 기쁨 등의
감정은 털보에게 자극과 결핍이 되어 그림 창작하기에는 너무나
좋은 환경이다. 김 감독을 보며 문득 창작분야 중 그림과 관련
된 첫 도전인 '연극'은 당연한 결과였고, 연극에 이어 또 다시 털
보만의 스타일로 인간적인 '영화'에 도전하고 싶어졌다. 그것이
무모할지라도 해보고 싶은 건 해야 직성이 풀리는 나는야 강씨
이므로….

(외도 제2탄은
연희동, 조우림 콘서트)

털보화가 강일구의 외도 제1탄 연극 〈누구라도 그러하듯이〉 공
연 죽쒼 거를 만회해보려는 의도에서 제2탄을 준비하기로 했다.
연극에서 한의원 환자 중 가수 역할을 맡은 실제 라이브가수 조
우림 씨의 이른바, '삑사리 라이브공연 조우림 콘서트'를 털보
마음대로 털보네 동네 연희동에서 하기로 했다.
이번 공연은 연희동으로의 초대 콘서트로, 미리 예약손님을 받
고 그에 따라 좌석확보가 가능한 장소를 섭외하기로 했다. 먼저
참가자 수와 예약자 이름을 털보에게 알려준 후, 인원 당 만원씩
계좌로 입금하면 예약완료.

이번 라이브공연 역시, 돈은 전혀 못 버는 그야말로 창작 예술을
지향하는 문화사랑에서 출발한다. 열정으로 도전하는 제2탄은
가수 응원 및 파이팅을 목적으로 한 것이므로 비상업·비영리적

그림이 나의 뿌리라면
연극과 영화, 공연기획은 잎사귀다.
내 창작물의 표현방식이 조금 달라진 것일 뿐….

성격으로 공연이 이루어진다. 각자 알아서 먹고 싶은 음식이나 음료를 가져와도 되고 다 함께 즐겁게 파티를 즐기면 된다. 그래도 연극과는 또 다른 눈에 보이지 않는 준비가 은근히 많다.

화가가 왜 그림은 안 그리고 또 2탄을 준비하냐고? 설마! 털보의 그림은 늘 현재진행형이다. 틈틈히 그림도 그리고 있고, 몇 개월 후에 출간될《화가의 집》에세이도 사이사이 준비중이고 북콘서트도 준비하고 있다.

어쨌든 옆에서 지켜본 가수 조우림에게 재미있는 콘서트 공간을 만들어줌으로써 다함께 응원의 에너지를 주고받으면 서로 좋겠다 싶었다. 그러기에 이런 고생을 사서 해도 즐거웠다. 장소섭외나 홍보, 지인 포함한 관람객 유치 문제가 쉽지만은 않았지만 그런 모든 과정이 즐겁고 신바람이 났다. 가수 조우림 화이팅!!!

제2탄은 '연희스케치북'이란 테마로 4가지 행사를 기획했다.

   1) 라이브가수 조우림의 단독콘서트 (게스트 허유리 양)

   2) 배우 이용녀 님의 반려동물에 대한 이야기

   3) 반려동물 작품전시회 및 그림 판매

     (판매된 금액은 전액 동물보호기금에 기부됩니다)

   4) 초미니 벼룩시장 (책, DVD, 중고물품 등)

일시:2017년 10월 28일 토요일오후3시
장소:서대문구 연희동 129-12 2층연희카페

1)라이브가수조우림콘서트(게스트허유리)
2)배우이용녀님의 반려동물이야기
3)반려동물작품전시회
4)미니벼룩시장

후원: 주)COOM.동양부동산. 도커피

연희동 주민은 입장료 무료. 다른 동네에서 오시는 분은 50% 할인해서 입장료 1만원. 인간털보 하나로 인해 여러 사람 공식적으로 괴롭히고^^? 참 설레고 즐겁다. 노래도 듣고 그림도 볼 수 있는 콘서트 장소가 드디어 정해졌다.

★ 이벤트: 연희스케치북
★ 날짜: 2017년 10월 28일 토요일 3시
★ 장소: 연희카페 2층 (서대문구 연희동 129-11)
　　　= 사러가마트 주차장 대각선 건너편
★ 문의: 010-5214-6756 동네안내원 털보 강일구
★ 필수: 주차난이 심하므로 대중교통을 이용해주시기를 바랍니다.

좀 전에 어설프게 나온 포스터를 행사장과 근처에 (허락을 얻어) 붙이면서 중얼거렸다.
"역시 그림 그리는 생각만 하다 보니 털보는 저지를 줄만 알았지, 행사 홍보에 참 서툴고 게으르구나."
포트락 (각자 조금씩 음식을 갖고 와서 함께 나눠 먹는 행사) 형식으로 진행되는 이번 라이브행사, 연희동에서의 문화꽃 향기! 벌써부터 그 내음새가 기다려진다.

언제 시작하고 언제 끝나나 했는데 진짜로 끝이 났습니다. 밀물과 썰물이 오고가고 28일 밤이 조용스럽게 다가오고 말았습니다.

잠들기 싫은 밤, 다시 작가의 고요하고 거룩한 은둔의 밤을 맞습니다. 그림 접선하기에 참 좋은 밤.

오늘은 그냥 낮의 콘서트장에서의 에너지 여운을 맞으며 슬로우 슬로우 하다 잠들고 싶어집니다.

연희스케치북에 일구 강매 또는 일구덪?에 걸린 페북친구 여러분과 연희동 주민 및 지인분들께 깊이 고마운 마음을 전합니다.^^ 감사합니다.ㅎㅎ

                                                    - 털보 드림

바쁘지만 그만큼 더 보람찬 하루를 보내고
포근한 나의 집으로 돌아온다.

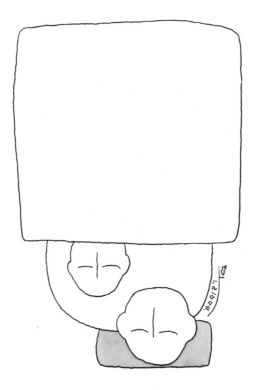

강일구의
다큐 단편영화

영화시나리오1 스케치
이렇게 도발해서 일단 페북에 써 놓고 일을 벌이는 털보.

영화제목: 빈센트 반 고흐 그리고 나도 그리고 (가제)
결론부터 시작된다. 노란 들판에 나무가 서 있고 잠시 시골 들녘의 잔잔한 이미지가 음악과 함께 화면을 채운다. (약 1~2분) 그리고 오버랩되며 방 안 벽에 나무가 서 있고 화면이 짐짐 아래로 천천히 내려가며 물구나무 서 있는 주인공의 얼굴을 비춘다. 주인공은 눈을 감고 오징어를 씹다가 옆의 여인 얼굴(달력에 나오는 여인)에 오징어 찌꺼기를 기관단총 뱉듯이 쏟아내며….

항상 두서 없이 바쁘지만 요즘 더 바쁜 나날을 보내고 있는 털보다. 가수 조우림 콘서트 홍보 겸 장소를 알아보면서 틈나는 사이

사이 영화에 대한 일구식 도전을 스타트했다.

뭐 거대한 영화를 제작하는 건 아니고, 대략 2018년 상반기에 실제 영화관 한 군데 대관을 목표로 시나리오 작업을 하고 있다.

열정 하나로 영화에 대한 도전을 시작했다. 자주 시도해보는 새로운 문화영역으로의 진입은 그 과정이 너무나 소중하고 즐겁다. 덕분에 이번에는 독학으로 영상편집을 공부하고 있다.

추석을 앞두고 시나리오를 쓰다 잠시 수정하고, 배경음악을 찾다가 동영상 편집 프로그램에 시험삼아 넣어봤다. 곡은 지난번 연극때 환자로 출연한 락김 작가가 레게춤을 출 때 활용했던 음악이기도 하다. 일단 영화 도입부분과 배경음악으로 테스트해보았다.

'뱁믹스' 라는 동영상 편집 프로그램에 몰두하면서 점점 영화의 맛?을 익히는 희열을 좀 맛본 후 큰 난관에 부딪쳤다. 영상편집을 하면서 자르고 나누고 자막넣고 배경음악을 넣은 후 최종저장시 희한하게 다운이 되고 만다. 벌써 몇 번째인가! 다시 또 편집하다가 멈추고 다 작업한 후 최종저장하며 19% 지나 하루 지나 또 멈추고 만다. 특히 저장할 때 16분에서 30분 영상저장시 멈추곤 하더니 결국 지금까지 동영상작업 후 외장하드에 저장한 결과물이 바이러스먹고 산화하고 말았다. 헉! 잠시 멘붕.

결국 외장하드를 복구하러 병원으로 보냈지만, 복구반 문제반

내심 초조하다. 저장도 그렇지만 새로 구입한 외장하드에 담겨 있는 촬영한 모든 동영상이 맛이 갈 줄이야. 남은 게 거의 없다. 용량이 많아 외장하드에만 담아 놓은 게 문제였다. 영상이 복구되면 다시 컴퓨터와 노트북에 깔아놔야겠다.

생소한 작업이지만 열정 하나로 기쁘게 독학하며 즐겁게 배우고 있다. 제1탄 연극에서 너무 혼자 다 하려고 북치고 장구친 경험을 바탕으로 가급적 영화에서는 현명하게? 시나리오 작업을 할 예정이다.

우연인지 필연인지 신기하게도 내가 영화촬영과 영화제작에 빠져 있을 때 갑자기 TV 프로에서 단편영화 감독의 영화제작 과정과 작품이 상영되었다. 마치 나에게 영화관련 길을 알려주는 것 같았다. 사막에서 오아시스 만난 듯 많은 도움이 되었다.

어쨌든 이제 (상상만 해왔던) 신촌 메가박스 8관홀을 내관하기로 예약해놓은 상태이고, 개봉하는 영화는 많은 분들과 함께 관람하며 즐기고 싶다. 페북 친구들과 지인들, 문화를 사랑하는 분들과 함께 재미나게 진행하며 즐길 예정이다.

영하 12도의 서울날씨. 겨울답다. 눈 코 입 귀 등 튀어나온 모든 부위를 면도날로 에이는 듯 춥다 못해 매섭다.

그럼에도 불구하고 나는 또 한번 생쑈를 준비하고 있다. 연극에

이어 석 달에 걸쳐 우여곡절 끝에 22분짜리 다큐 단편영화〈빈센
트 반 고흐 그리고 나도 그리고〉를 완성했다.

아주 엉성하고도 지루할 영화이므로 제발 큰 기대 없이 보아주
셨으면 하는 마음으로 열심히 편집했다.

(또 다른
영화 작업)

다큐 영화 〈빈센트 반 고흐 그리고 나도 그리고〉를 촬영하는 내
내 혹시 나만을 위한 영화를 제작하고 있는 것은 아닌가 고민을
했다. 한 달이 지나고 또 한 달이 지나도 같은 고민이 계속 되었
고, 또 촬영된 영상을 혹시 몰라 외장하드에까지 옮겨 놨는데 희
한한 바이러스 감염으로 45%가 손실된 충격(?)을 경험하면서도
이 영화로 진행하겠다고 마음 먹었었다. 그러다 안 되겠다 싶어
결국 첫 다큐영화는 삭제나 선택 아닌 그냥 폴더 한쪽에 저장해
두기로 했다.

다시 (나를 위한 영화가 아닌) 두 번째 다큐 영화 〈함께 가는(가
제)〉 제작에 들어갔다. 몇몇 출연자들과 연극때 이야기도 하고
주변 지인들의 얘기를 담았으나, 이 또한 썩 마음에 들지 않았
다. 이 작품도 상영보류!

세 번째 작품은 〈꿈 아닌 꿈〉으로 제목을 확정하고, 무료 동영상

제작 프로그램에서 과감하게 '보바미'라는 유료 프로그램으로 전환하여 새 시작, 새 마음으로 작업에 들어갔다. 영화스토리와 출연자 및 전개방법 등등이 이전과는 다른 상황으로 촬영을 전개했다.

누구나 말로 하거나 생각을 하며 지내지만 잃어가고 있는 '꿈'에 대해 이야기하고 싶었다. 중요한 건 내가 말하고 싶은 이야기를 살짝 담으면서 누구에게나 소중한 꿈 이야기를 강요하지 않아야 했다. 이러한 틀 안에서 그리운 이미지와 정 등을 표현하고 싶었다. 최종적으로 이 작품을 상영하기로 확정지었다.

이 영화는 내가 할 수 있는 범위의 초절전 예산과 나의 모든 노력과 열정 그리고 털보의 일과시간을 모처럼 다 바친 영화이기에 더 이상의 후회도 없다.

《화가의 집》
책을 마무리하며

화가로서, 아니 보통사람 중 한 사람으로서 하루 세 끼 잘 챙겨
먹으면 됐지, 무슨 책을 내며 무슨 그림전시까지 호화롭게 하나
다소 처진 생각을 종종 할 때가 있다. 마음이 하루에도 여러 번
변화무쌍하게 옷을 입었다 벗었다 한다. 그렇게 내가 내 마음 안
을 관찰하고 관조한다.

요즘 나의 일과가 그림을 그리기 전에 수많은 관찰과 관조를 밥
먹듯이 하다 보니 그림수가 현저히 감소했다. 화가로서 그림수
가 줄어든다는 건 과연 행복한 것일까? 불행한 것일까?

그렇게 낮과 밤을 교대로 보내다가 아~ 그래도 내 작품과 내 글
들을 한번쯤은 퍼즐조각 맞추듯이 엮어서 책으로 슬며시 내보는
것도 좋지 않을까 하는 생각이 들 때 이 책을 출간하게 되었다.

지난 흔적들과 최근 이야기를 모은 일구의 힐링 에세이. 이 또한
운명과 인연이라 생각하며 행복하고 감사한 마음 가득하다. ^^